BRÜDER GRIMM

KINDER- UND HAUSMÄRCHEN

HAMBURGER LESEHEFTE VERLAG
HUSUM/NORDSEE

DER FROSCHKÖNIG
ODER DER EISERNE HEINRICH

In den alten Zeiten, wo das Wünschen noch geholfen hat, lebte ein König, dessen Töchter waren alle schön, aber die jüngste war so schön, dass die Sonne selber, die doch so vieles gesehen hat, sich verwunderte, sooft sie ihr ins Gesicht schien. Nahe bei dem Schlosse des Königs lag ein großer, dunkler Wald, und in dem Walde unter einer alten Linde war ein Brunnen. Wenn nun der Tag sehr heiß war, so ging das Königskind hinaus in den Wald und setzte sich an den Rand des kühlen Brunnens, und wenn sie Langeweile hatte, so nahm sie eine goldene Kugel, warf sie in die Höhe und fing sie wieder; und das war ihr liebstes Spielwerk.

Nun trug es sich einmal zu, dass die goldene Kugel der Königstochter nicht in ihr Händchen fiel, das sie in die Höhe gehalten hatte, sondern vorbei auf die Erde schlug und geradezu ins Wasser hineinrollte. Die Königstochter folgte ihr mit den Augen nach, aber die Kugel verschwand, und der Brunnen war tief, so tief, dass man keinen Grund sah. Da fing sie an zu weinen und weinte immer lauter und konnte sich gar nicht trösten. Und wie sie so klagte, rief ihr jemand zu: „Was hast du vor, Königstochter, du schreist ja, dass sich ein Stein erbarmen möchte.“ Sie sah sich um, woher die Stimme käme, da erblickte sie einen Frosch, der seinen dicken, hässlichen Kopf aus dem Wasser streckte. „Ach, du bists, alter Wasserpatscher“, sagte sie; „ich weine über meine goldene Kugel, die mir in den Brunnen hinabgefallen ist.“ „Sei still und weine nicht“, antwortete der Frosch, „ich kann wohl Rat schaffen, aber was gibst du mir, wenn ich dein Spielwerk wieder heraufhole?“ „Was du haben willst, lieber Frosch“, sagte sie, „meine Kleider, meine Perlen und Edelsteine, auch noch die goldene Krone, die ich trage.“ Der Frosch antwortete: „Deine Kleider, deine Perlen und Edelsteine und deine goldene Krone, die mag ich nicht, aber wenn du mich lieb haben willst und ich soll dein Geselle und Spielkamerad sein, an deinem Tischlein neben dir sitzen, von deinem goldenen Tellerlein essen, aus deinem Becherlein trinken, in deinem Bettlein schlafen: Wenn du mir das versprichst, so will ich hinuntersteigen und dir die goldene Kugel wieder heraufholen." „Ach ja", sagte sie, „ich verspreche dir alles, was du willst, wenn du mir nur die Kugel wiederbringst." Sie dachte aber: ‚Was der einfältige Frosch schwätzt, der sitzt im Wasser bei seinesgleichen und quakt und kann keines Menschen Geselle sein.'

Der Frosch, als er die Zusage erhalten hatte, tauchte seinen Kopf unter, sank hinab, und über ein Weilchen kam er wieder heraufgerudert; hatte die Kugel im Maul und warf sie ins Gras. Die Königstochter war voll Freude, als sie ihr schönes Spielwerk wieder erblickte, hob es auf und sprang damit fort. „Warte, warte", rief der Frosch, „nimm mich mit, ich kann nicht so laufen wie du." Aber was half ihm, dass er ihr sein quak quak so laut nachschrie, als er konnte! Sie hörte nicht darauf, eilte nach Haus und hatte bald den armen Frosch vergessen, der wieder in seinen Brunnen hinabsteigen musste.

Am andern Tage, als sie mit dem König und allen Hofleuten sich zur Tafel gesetzt hatte und von ihrem goldenen Tellerlein aß, da kam, plitsch platsch, plitsch platsch, etwas die Marmortreppe heraufgekrochen, und als es oben angelangt war, klopfte es an der Tür und rief: „Königstochter, jüngste, mach mir auf." Sie lief und wollte sehen, wer draußen wäre, als sie aber aufmachte, so saß der Frosch davor. Da warf sie die Tür hastig zu, setzte sich wieder an den Tisch, und war ihr ganz angst. Der König sah wohl, dass ihr das Herz gewaltig klopfte, und sprach: „Mein Kind, was fürchtest du dich, steht etwa ein Riese vor der Tür und will dich holen?" „Ach nein", antwortete sie, „es ist kein Riese, sondern ein garstiger Frosch." „Was will der Frosch von dir?" „Ach lieber Vater, als ich gestern im Wald bei dem Brunnen saß und spielte, da fiel meine goldene Kugel ins Wasser. Und weil ich so weinte, hat sie der Frosch wieder heraufgeholt, und weil er es durchaus verlangte, so versprach ich ihm, er sollte mein Geselle werden, ich dachte aber nimmermehr, dass er aus seinem Wasser heraus könnte. Nun ist er draußen und will zu mir herein." Indem klopfte es zum zweiten Mal und rief:

„Königstochter, jüngste,
mach mir auf,
weißt du nicht, was gestern
du zu mir gesagt
bei dem kühlen Brunnenwasser?
Königstochter, jüngste,
mach mir auf."

Da sagte der König: „Was du versprochen hast, das musst du auch halten; geh nur und mach ihm auf." Sie ging und öffnete die Türe, da hüpfte der Frosch herein, ihr immer auf dem Fuße nach, bis zu ihrem Stuhl. Da saß er und rief: „Heb mich herauf zu dir." Sie zauderte, bis es endlich der König befahl. Als der Frosch erst auf dem Stuhl war, wollte er auf den Tisch, und als er da saß, sprach er: „Nun schieb mir dein goldenes Tellerlein näher, damit wir zusammen essen." Das tat sie zwar, aber man sah wohl, dass sie's nicht gerne tat. Der Frosch ließ sich's gut schmecken, aber ihr blieb fast jedes Bisslein im Halse. Endlich sprach er: „Ich habe mich satt gegessen und bin müde, nun trag mich in dein Kämmerlein und mach dein seiden Bettlein zurecht, da wollen wir uns schlafen legen." Die Königstochter fing an zu weinen und fürchtete sich vor dem kalten Frosch, den sie nicht anzurühren getraute und der nun in ihrem schönen reinen Bettlein schlafen sollte. Der König aber ward zornig und sprach: „Wer dir geholfen hat, als du in der Not warst, den sollst du hernach nicht verachten." Da packte sie ihn mit zwei Fingern, trug ihn hinauf und setzte ihn in eine Ecke. Als sie aber im Bette lag, kam er gekrochen und sprach: „Ich bin müde, ich will schlafen so gut wie du: Heb mich herauf, oder ich sags deinem Vater." Da ward sie erst bitterböse, holte ihn herauf und warf ihn aus allen Kräften wider die Wand: „Nun wirst du Ruhe haben, du garstiger Frosch."

Als er aber herabfiel, war er kein Frosch, sondern ein Königssohn mit schönen freundlichen Augen. Der war nun nach ihres Vaters Willen ihr lieber Geselle und Gemahl. Da erzählte er ihr, er wäre von einer bösen Hexe verwünscht worden und niemand hätte ihn aus dem Brunnen erlösen können als sie allein, und morgen wollten sie zusammen in sein Reich gehen. Dann schliefen sie ein, und am andern Morgen, als die Sonne sie aufweckte, kam ein Wagen herangefahren mit acht weißen Pferden bespannt, die hatten weiße Straußfedern auf dem Kopf und gingen in goldenen Ketten, und hinten stand der Diener des jungen Königs, das war der treue Heinrich. Der treue Heinrich hatte sich so betrübt, als sein Herr war in einen Frosch verwandelt worden, dass er drei eiserne Bande hatte um sein Herz legen lassen, damit es ihm nicht vor Weh und Traurigkeit zerspränge. Der Wagen aber sollte den jungen König in sein Reich abholen; der treue Heinrich hob beide hinein, stellte sich wieder hinten auf und war voller Freude über die Erlösung. Und als sie ein Stück Wegs gefahren waren, hörte der Königssohn, dass es hinter ihm krachte, als wäre etwas zerbrochen. Da drehte er sich um und rief:

„Heinrich, der Wagen bricht."
„Nein, Herr, der Wagen nicht,
es ist ein Band von meinem Herzen,
das da lag in großen Schmerzen,
als Ihr in dem Brunnen saßt,
als Ihr eine Fretsche (Frosch) wast (wart)."

Noch einmal und noch einmal krachte es auf dem Weg, und der Königssohn meinte immer, der Wagen bräche, und es waren doch nur die Bande, die vom Herzen des treuen Heinrich absprangen, weil sein Herr erlöst und glücklich war.

DER WOLF UND DIE SIEBEN JUNGEN GEISSLEIN

Eine Geiß hatte sieben Junge, die sie gar lieb hatte und sorgfältig vor dem Wolf hütete. Eines Tages musste sie in den Wald gehen und Futter holen, da rief sie alle sieben herbei und sprach: „Liebe Kinder, ich will hinaus in den Wald, seid auf eurer Hut vor dem Wolf, wenn er hereinkommt, so frisst er euch alle mit Haut und Haar. Der Bösewicht verstellt sich oft, aber an seiner rauen Stimme und an seinen schwarzen Füßen werdet ihr ihn gleich erkennen." Die Geißlein sagten: „Liebe Mutter, wir wollen uns schon in Acht nehmen, Ihr könnt ohne Sorge fortgehen." Da meckerte die Alte und machte sich getrost auf den Weg.

Es dauerte nicht lange, so klopfte jemand an die Haustür und rief: „Macht auf, ihr lieben Kinder, eure Mutter ist da und hat jedem von euch etwas mitgebracht." Aber die Geißerchen hörten an der rauen Stimme, dass es der Wolf war. „Wir machen nicht auf", riefen sie, „du bist unsere Mutter nicht, die hat eine feine und liebliche Stimme, aber deine Stimme ist rau; du bist der Wolf." Da ging der Wolf fort zu einem Krämer und kaufte sich ein großes Stück Kreide: Die aß er und machte damit seine Stimme fein. Dann kam er zurück, klopfte an die Haustür und rief: „Macht auf, ihr lieben Kinder, eure Mutter ist da und hat jedem von euch etwas mitgebracht." Aber der Wolf hatte seine schwarze Pfote in das Fenster gelegt, das sahen die Kinder und riefen: „Wir machen nicht auf, unsere Mutter hat keinen schwarzen Fuß wie du: Du bist der Wolf." Da lief der Wolf zu einem Bäcker und sprach: „Ich habe mich an den Fuß gestoßen, streich mir Teig darüber." Und als ihm der Bäcker die Pfote bestrichen hatte, so lief er zum Müller und sprach: „Streu mir weißes Mehl auf meine Pfote." Der Müller dachte: ‚Der Wolf will einen betrügen', und weigerte sich, aber der Wolf sprach: „Wenn du es nicht tust, so fresse ich dich." Da fürchtete sich der Müller und machte ihm die Pfote weiß. Ja, so sind die Menschen.

Nun ging der Bösewicht zum dritten Mal zu der Haustüre, klopfte an und sprach: „Macht mir auf, Kinder, euer liebes Mütterchen ist heimgekommen und hat jedem von euch etwas aus dem Walde mitgebracht.“ Die Geißerchen riefen: „Zeig uns erst deine Pfote, damit wir wissen, dass du unser liebes Mütterchen bist.“ Da legte er die Pfote ins Fenster, und als sie sahen, dass sie weiß war, so glaubten sie, es wäre alles wahr, was er sagte, und machten die Türe auf. Wer aber hereinkam, das war der Wolf. Sie erschraken und wollten sich verstecken. Das eine sprang unter den Tisch, das zweite ins Bett, das dritte in den Ofen, das vierte in die Küche, das fünfte in den Schrank, das sechste unter die Waschschüssel, das siebente in den Kasten der Wanduhr. Aber der Wolf fand sie alle und machte nicht langes Federlesen: Eins nach dem andern schluckte er in seinen Rachen; nur das jüngste in dem Uhrkasten, das fand er nicht. Als der Wolf seine Lust gebüßt hatte, trollte er sich fort, legte sich draußen auf der grünen Wiese unter einen Baum und fing an zu schlafen.

Nicht lange danach kam die alte Geiß aus dem Walde wieder heim. Ach, was musste sie da erblicken! Die Haustüre stand sperrweit auf: Tisch, Stühle und Bänke waren umgeworfen, die Waschschüssel lag in Scherben, Decke und Kissen waren aus dem Bett gezogen. Sie suchte ihre Kinder, aber nirgend waren sie zu finden. Sie rief sie nacheinander bei Namen, aber niemand antwortete. Endlich, als sie an das jüngste kam, da rief eine feine Stimme: „Liebe Mutter, ich stecke im Uhrkasten.“ Sie holte es heraus, und es erzählte ihr, dass der Wolf gekommen wäre und die andern alle gefressen hätte. Da könnt ihr denken, wie sie über ihre armen Kinder geweint hat.

Endlich ging sie in ihrem Jammer hinaus, und das jüngste Geißlein lief mit. Als sie auf die Wiese kam, so lag da der Wolf an dem Baum und schnarchte, dass die Äste zitterten. Sie betrachtete ihn von allen Seiten und sah, dass in seinem angefüllten Bauch sich etwas regte und zappelte. „Ach Gott“, dachte sie, „sollten meine armen Kinder, die er zum Abendbrot hinuntergewürgt hat, noch am Leben sein?“

Da musste das Geißlein nach Haus laufen und Schere, Nadel und Zwirn holen. Dann schnitt sie dem Ungetüm den Wanst auf, und kaum hatte sie einen Schnitt getan, so streckte schon ein Geißlein den Kopf heraus, und als sie weiter schnitt, so sprangen nacheinander alle sechse heraus, und waren noch alle am Leben, und hatten nicht einmal Schaden gelitten, denn das Ungetüm hatte sie in der Gier ganz hinuntergeschluckt. Das war eine Freude! Da herzten sie ihre liebe Mutter und hüpften wie ein Schneider, der Hochzeit hält. Die Alte aber sagte: „Jetzt geht und sucht Wackersteine, damit wollen wir dem gottlosen Tier den Bauch füllen, solange es noch im Schlafe liegt.“ Da schleppten die sieben Geißerchen in aller Eile die Steine herbei und steckten sie ihm in den Bauch, so viel sie hineinbringen konnten. Dann nähte ihn die Alte in aller Geschwindigkeit wieder zu, dass er nichts merkte und sich nicht einmal regte.

Als der Wolf endlich ausgeschlafen hatte, machte er sich auf die Beine, und weil ihm die Steine im Magen so großen Durst erregten, so wollte er zu einem Brunnen gehen und trinken. Als er aber anfing zu gehen und sich hin und her zu bewegen, so stießen die Steine in seinem Bauch aneinander und rappelten. Da rief er:

„Was rumpelt und pumpelt
in meinem Bauch herum?
Ich meinte, es wären sechs Geißlein,
so sinds lauter Wackerstein'.“

Und als er an den Brunnen kam und sich über das Wasser bückte und trinken wollte, da zogen ihn die schweren Steine hinein und er musste jämmerlich ersaufen. Als die sieben Geißlein das sahen, da kamen sie herbeigelaufen, riefen laut: „Der Wolf ist tot! Der Wolf ist tot!“, und tanzten mit ihrer Mutter vor Freude um den Brunnen herum.

BRÜDERCHEN UND SCHWESTERCHEN

Brüderchen nahm sein Schwesterchen an der Hand und sprach: „Seit die Mutter tot ist, haben wir keine gute Stunde mehr; die Stiefmutter schlägt uns alle Tage, und wenn wir zu ihr kommen, stößt sie uns mit den Füßen fort. Die harten Brotkrusten, die übrig bleiben, sind unsere Speise, und dem Hündlein unter dem Tisch gehts besser, dem wirft sie doch manchmal einen guten Bissen zu. Dass Gott erbarm, wenn das unsere Mutter wüsste! Komm, wir wollen miteinander in die weite Welt gehen." Sie gingen den ganzen Tag über Wiesen, Felder und Steine, und wenn es regnete, sprach das Schwesterchen: „Gott und unsere Herzen, die weinen zusammen!" Abends kamen sie in einen großen Wald und waren so müde von Jammer, Hunger und dem langen Weg, dass sie sich in einen hohlen Baum setzten und einschliefen.

Am andern Morgen, als sie aufwachten, stand die Sonne schon hoch am Himmel und schien heiß in den Baum hinein. Da sprach das Brüderchen: „Schwesterchen, mich dürstet, wenn ich ein Brünnlein wüsste, ich ging und tränk einmal; ich mein, ich hört' eins rauschen." Brüderchen stand auf, nahm Schwesterchen an der Hand, und sie wollten das Brünnlein suchen. Die böse Stiefmutter aber war eine Hexe und hatte wohl gesehen, wie die beiden Kinder fortgegangen waren, war ihnen nachgeschlichen, heimlich, wie die Hexen schleichen, und hatte alle Brunnen im Walde verwünscht. Als sie nun ein Brünnlein fanden, das so glitzerig über die Steine sprang, wollte das Brüderchen daraus trinken, aber das Schwesterchen hörte, wie es im Rauschen sprach: „Wer aus mir trinkt, wird ein Tiger, wer aus mir trinkt, wird ein Tiger." Da rief das Schwesterchen: „Ich bitte dich, Brüderchen, trink nicht, sonst wirst du ein wildes Tier und zerreißest mich." Das Brüderchen trank nicht, ob es gleich so großen Durst hatte, und sprach: „Ich will warten bis zur nächsten Quelle." Als sie zum zweiten Brünnlein kamen, hörte das Schwesterchen, wie auch dieses sprach: „Wer aus mir trinkt, wird ein Wolf, wer aus mir trinkt, wird ein Wolf!“ Da rief das Schwesterchen: „Brüderchen, ich bitte dich, trink nicht, sonst wirst du ein Wolf und frisst mich.“ Das Brüderchen trank nicht und sprach: „Ich will warten, bis wir zur nächsten Quelle kommen, aber dann muss ich trinken, du magst sagen, was du willst, mein Durst ist gar zu groß.“ Und als sie zum dritten Brünnlein kamen, hörte das Schwesterlein, wie es im Rauschen sprach: „Wer aus mir trinkt, wird ein Reh, wer aus mir trinkt, wird ein Reh.“ Das Schwesterchen sprach: „Ach Brüderchen, ich bitte dich, trink nicht, sonst wirst du ein Reh und läufst mir fort.“ Aber das Brüderchen hatte sich gleich beim Brünnlein niedergekniet, hinabgebeugt und von dem Wasser getrunken, und wie die ersten Tropfen auf seine Lippen gekommen waren, lag es da als ein Rehkälbchen.

Nun weinte das Schwesterchen über das arme verwünschte Brüderchen, und das Rehchen weinte auch und saß so traurig neben ihm. Da sprach das Mädchen endlich: „Sei still, liebes Rehchen, ich will dich ja nimmermehr verlassen.“ Dann band es sein goldenes Strumpfband ab und tat es dem Rehchen um den Hals und rupfte Binsen und flocht ein weiches Seil daraus. Daran band es das Tierchen und führte es weiter und ging immer tiefer in den Wald hinein. Und als sie lange, lange gegangen waren, kamen sie endlich an ein kleines Haus, und das Mädchen schaute hinein, und weil es leer war, dachte es: ‚Hier können wir bleiben und wohnen.‘ Da suchte es dem Rehchen Laub und Moos zu einem weichen Lager, und jeden Morgen ging es aus und sammelte sich Wurzeln, Beeren und Nüsse, und für das Rehchen brachte es zartes Gras mit, das fraß es ihm aus der Hand, war vergnügt und spielte vor ihm herum. Abends, wenn Schwesterchen müde war und sein Gebet gesagt hatte, legte es seinen Kopf auf den Rücken des Rehkälbchens, das war sein Kissen, darauf es sanft einschlief. Und hätte das Brüderchen nur seine menschliche Gestalt gehabt, es wäre ein herrliches Leben gewesen.

Das dauerte eine Zeit lang, dass sie so allein in der Wildnis waren. Es trug sich aber zu, dass der König des Landes eine große Jagd in dem Wald hielt. Da schallte das Hörnerblasen, Hundegebell und das lustige Geschrei der Jäger durch die Bäume, und das Rehlein hörte es und wäre gar zu gerne dabei gewesen. „Ach", sprach es zum Schwesterlein, „lass mich hinaus in die Jagd, ich kanns nicht länger mehr aushalten", und bat so lange, bis es einwilligte. „Aber", sprach es zu ihm, „komm mir ja abends wieder, vor den wilden Jägern schließ ich mein Türlein; und damit ich dich kenne, so klopf und sprich: ‚Mein Schwesterlein, lass mich herein'; und wenn du nicht so sprichst, so schließ ich mein Türlein nicht auf." Nun sprang das Rehchen hinaus, und war ihm so wohl und war so lustig in freier Luft. Der König und seine Jäger sahen das schöne Tier und setzten ihm nach, aber sie konnten es nicht einholen, und wenn sie meinten, sie hätten es gewiss, da sprang es über das Gebüsch weg und war verschwunden. Als es dunkel ward, lief es zu dem Häuschen, klopfte und sprach: „Mein Schwesterlein, lass mich herein." Da ward ihm die kleine Tür aufgetan, es sprang hinein und ruhete sich die ganze Nacht auf seinem weichen Lager aus. Am andern Morgen ging die Jagd von Neuem an, und als das Rehlein wieder das Hifthorn hörte und das ho, ho! der Jäger, da hatte es keine Ruhe und sprach: „Schwesterchen, mach mir auf, ich muss hinaus." Das Schwesterchen öffnete ihm die Türe und sprach: „Aber zu Abend musst du wieder da sein und dein Sprüchlein sagen." Als der König und seine Jäger das Rehlein mit dem goldenen Halsband wieder sahen, jagten sie ihm alle nach, aber es war ihnen zu schnell und behänd. Das währte den ganzen Tag, endlich aber hatten es die Jäger abends umzingelt, und einer verwundete es ein wenig am Fuß, sodass es hinken musste und langsam fortlief. Da schlich ihm ein Jäger nach bis zu dem Häuschen und hörte, wie es rief: „Mein Schwesterlein, lass mich herein", und sah, dass die Tür ihm aufgetan und alsbald wieder zugeschlossen ward. Der Jäger behielt das alles wohl im Sinn, ging zum König und erzählte ihm, was er gesehen und gehört hatte. Da sprach der König: „Morgen soll noch einmal gejagt werden."

Das Schwesterchen aber erschrak gewaltig, als es sah,

dass sein Rehkälbchen verwundet war. Es wusch ihm das Blut ab, legte Kräuter auf und sprach: „Geh auf dein Lager, lieb Rehchen, dass du wieder heil wirst.“ Die Wunde aber war so gering, dass das Rehchen am Morgen nichts mehr davon spürte. Und als es die Jagdlust wieder draußen hörte, sprach es: „Ich kanns nicht aushalten, ich muss dabei sein; so bald soll mich keiner kriegen.“ Das Schwesterchen weinte und sprach: „Nun werden sie dich töten und ich bin hier allein im Wald und bin verlassen von aller Welt: Ich lass dich nicht hinaus.“ „So sterb ich dir hier vor Betrübnis“, antwortete das Rehchen, „wenn ich das Hifthorn höre, so mein ich, ich müsst aus den Schuhen springen!“ Da konnte das Schwesterchen nicht anders und schloss ihm mit schwerem Herzen die Tür auf, und das Rehchen sprang gesund und fröhlich in den Wald. Als es der König erblickte, sprach er zu seinen Jägern: „Nun jagt ihm nach den ganzen Tag bis in die Nacht, aber dass ihm keiner etwas zuleide tut.“ Sobald die Sonne untergegangen war, sprach der König zum Jäger: „Nun komm und zeige mir das Waldhäuschen.“ Und als er vor dem Türlein war, klopfte er an und rief: „Lieb Schwesterlein, lass mich herein.“ Da ging die Tür auf, und der König trat herein, und da stand ein Mädchen, das war so schön, wie er noch keins gesehen hatte. Das Mädchen erschrak, als es sah, dass nicht das Rehlein, sondern ein Mann hereinkam, der eine goldene Krone auf dem Haupt hatte. Aber der König sah es freundlich an, reichte ihm die Hand und sprach: „Willst du mit mir gehen auf mein Schloss und meine liebe Frau sein?“ „Ach ja“, antwortete das Mädchen, „aber das Rehchen muss auch mit, das verlass ich nicht.“ Sprach der König: „Es soll bei dir bleiben, solange du lebst, und soll ihm an nichts fehlen.“ Indem kam es hereingesprungen, da band es das Schwesterchen wieder an das Binsenseil, nahm es selbst in die Hand und ging mit ihm aus dem Waldhäuschen fort.

Der König nahm das schöne Mädchen auf sein Pferd und führte es in sein Schloss, wo die Hochzeit mit großer Pracht gefeiert wurde, und war es nun die Frau Königin, und lebten sie lange Zeit vergnügt zusammen; das Rehlein ward gehegt und gepflegt und sprang in dem Schlossgarten herum. Die böse Stiefmutter aber, um derentwillen die Kinder in die Welt hineingegangen waren, die meinte nicht anders, als Schwesterchen wäre von den wilden Tieren im Walde zerrissen worden und Brüderchen als ein Rehkalb von den Jägern totgeschossen. Als sie nun hörte, dass sie so glücklich waren und es ihnen so wohl ging, da wurden Neid und Missgunst in ihrem Herzen rege und ließen ihr keine Ruhe, und sie hatte keinen andern Gedanken, als wie sie die beiden doch noch ins Unglück bringen könnte. Ihre rechte Tochter, die hässlich war wie die Nacht und nur ein Auge hatte, die machte ihr Vorwürfe und sprach: „Eine Königin zu werden, das Glück hätte mir gebührt.“ „Sei nur still“, sagte die Alte und sprach sie zufrieden, „wenns Zeit ist, will ich schon bei der Hand sein.“ Als nun die Zeit herangerückt war und die Königin ein schönes Knäblein zur Welt gebracht hatte und der König gerade auf der Jagd war, nahm die alte Hexe die Gestalt der Kammerfrau an, trat in die Stube, wo die Königin lag, und sprach zu der Kranken: „Kommt, das Bad ist fertig, das wird Euch wohltun und frische Kräfte geben, geschwind, eh es kalt wird.“ Ihre Tochter war auch bei der Hand, sie trugen die schwache Königin in die Badstube und legten sie in die Wanne, dann schlossen sie die Tür ab und liefen davon. In der Badstube aber hatten sie ein rechtes Höllenfeuer angemacht, dass die schöne junge Königin bald ersticken musste.

Als das vollbracht war, nahm die Alte ihre Tochter, setzte ihr eine Haube auf und legte sie ins Bett an der Königin Stelle. Sie gab ihr auch die Gestalt und das Ansehen der Königin, nur das verlorene Auge konnte sie ihr nicht wiedergeben. Damit es aber der König nicht merkte, musste sie sich auf die Seite legen, wo sie kein Auge hatte. Am Abend, als er heimkam und hörte, dass ihm ein Söhnlein geboren war, freute er sich herzlich und wollte ans Bett seiner lieben Frau gehen und sehen, was sie machte. Da rief die Alte geschwind: „Beileibe, lasst die Vorhänge zu, die Königin darf noch nicht ins Licht sehen und muss Ruhe haben." Der König ging zurück und wusste nicht, dass eine falsche Königin im Bette lag.

Als es aber Mitternacht war und alles schlief, da sah die Kinderfrau, die in der Kinderstube neben der Wiege saß und allein noch wachte, wie die Türe aufging und die rechte Königin hereintrat. Sie nahm das Kind aus der Wiege, legte es in ihren Arm und gab ihm zu trinken. Dann schüttelte sie ihm sein Kisschen, legte es wieder hinein und deckte es mit dem Deckbettchen zu. Sie vergaß aber auch das Rehchen nicht, ging in die Ecke, wo es lag, und streichelte ihm über den Rücken. Darauf ging sie ganz stillschweigend wieder zur Türe hinaus, und die Kinderfrau fragte am anderen Morgen die Wächter, ob jemand während der Nacht ins Schloss gegangen wäre, aber sie antworteten: „Nein, wir haben niemand gesehen." So kam sie viele Nächte und sprach niemals ein Wort dabei; die Kinderfrau sah sie immer, aber sie getraute sich nicht, jemand etwas davon zu sagen.

Als nun so eine Zeit verflossen war, da hub die Königin in der Nacht an zu reden und sprach:

„Was macht mein Kind? Was macht mein Reh?
Nun komm ich noch zweimal und dann nimmermehr."

Die Kinderfrau antwortete ihr nicht, aber als sie wieder verschwunden war, ging sie zum König und erzählte ihm alles. Sprach der König: „Ach Gott, was ist das! Ich will in der nächsten Nacht bei dem Kinde wachen." Abends ging er in die Kinderstube, aber um Mitternacht erschien die Königin wieder und sprach:

„Was macht mein Kind, was macht mein Reh?
Nun komm ich noch einmal und dann nimmermehr."

Und pflegte dann des Kindes, wie sie gewöhnlich tat, ehe sie verschwand. Der König getraute sich nicht, sie anzureden, aber er wachte auch in der folgenden Nacht. Sie sprach abermals:

„Was macht mein Kind? Was macht mein Reh?
Nun komm ich noch diesmal und dann nimmermehr."

Da konnte sich der König nicht zurückhalten, sprang zu ihr und sprach: „Du kannst niemand anders sein als meine liebe Frau.“ Da antwortete sie: „Ja, ich bin deine liebe Frau“, und hatte in dem Augenblick durch Gottes Gnade das Leben wiedererhalten, war frisch, rot und gesund. Darauf erzählte sie dem König den Frevel, den die böse Hexe und ihre Tochter an ihr verübt hatten. Der König ließ beide vor Gericht führen und es ward ihnen das Urteil gesprochen. Die Tochter ward in den Wald geführt, wo sie die wilden Tiere zerrissen, die Hexe aber ward ins Feuer gelegt und musste jammervoll verbrennen. Und wie sie zu Asche verbrannt war, verwandelte sich das Rehkälbchen und erhielt seine menschliche Gestalt wieder; Schwesterchen und Brüderchen aber lebten glücklich zusammen bis an ihr Ende.

HÄNSEL UND GRETEL

Vor einem großen Walde wohnte ein armer Holzhacker mit seiner Frau und seinen zwei Kindern; das Bübchen hieß Hänsel und das Mädchen Gretel. Er hatte wenig zu beißen und zu brechen, und einmal, als große Teuerung ins Land kam, konnte er auch das tägliche Brot nicht mehr schaffen. Wie er sich nun abends im Bette Gedanken machte und sich vor Sorgen herumwälzte, seufzte er und sprach zu seiner Frau: „Was soll aus uns werden? Wie können wir unsere armen Kinder ernähren, da wir für uns selbst nichts mehr haben?“ „Weißt du was, Mann“, antwortete die Frau, „wir wollen morgen in aller Frühe die Kinder hinaus in den Wald führen, wo er am dicksten ist: Da machen wir ihnen ein Feuer an und geben jedem noch ein Stückchen Brot, dann gehen wir an unsere Arbeit und lassen sie allein. Sie finden den Weg nicht wieder nach Haus und wir sind sie los.“ „Nein, Frau“, sagte der Mann, „das tue ich nicht; wie sollt ich's übers Herz bringen, meine Kinder im Walde allein zu lassen, die wilden Tiere würden bald kommen und sie zerreißen.“ „O du Narr“, sagte sie, „dann müssen wir alle viere Hungers sterben, du kannst nur die Bretter für die Särge hobeln“, und ließ ihm keine Ruhe, bis er einwilligte. „Aber die armen Kinder dauern mich doch“, sagte der Mann.

Die zwei Kinder hatten vor Hunger auch nicht einschlafen können und hatten gehört, was die Stiefmutter zum Vater gesagt hatte. Gretel weinte bittere Tränen und sprach zu Hänsel: „Nun ists um uns geschehen.“ „Still, Gretel“, sprach Hänsel, „gräme dich nicht, ich will uns schon helfen.“ Und als die Alten eingeschlafen waren, stand er auf, zog sein Röcklein an, machte die Untertüre auf und schlich sich hinaus. Da schien der Mond ganz helle, und die weißen Kieselsteine, die vor dem Haus lagen, glänzten wie lauter Batzen. Hänsel bückte sich und steckte so viel in sein Rocktäschlein, als nur hineinwollten. Dann ging er wieder zurück, sprach zu Gretel: „Sei getrost, liebes Schwesterchen, und schlaf nur ruhig ein, Gott wird uns nicht verlassen“, und legte sich wieder in sein Bett.

Als der Tag anbrach, noch ehe die Sonne aufgegangen war, kam schon die Frau und weckte die beiden Kinder: „Steht auf, ihr Faulenzer, wir wollen in den Wald gehen und Holz holen.“ Dann gab sie jedem ein Stückchen Brot und sprach: „Da habt ihr etwas für den Mittag, aber essts nicht vorher auf, weiter kriegt ihr nichts.“ Gretel nahm das Brot unter die Schürze, weil Hänsel die Steine in der Tasche hatte. Danach machten sie sich alle zusammen auf den Weg nach dem Wald. Als sie ein Weilchen gegangen waren, stand Hänsel still und guckte nach dem Haus zurück und tat das wieder und immer wieder. Der Vater sprach: „Hänsel, was guckst du da und bleibst zurück, hab Acht und vergiss deine Beine nicht.“ „Ach, Vater“, sagte Hänsel, „ich sehe nach meinem weißen Kätzchen, das sitzt oben auf dem Dach und will mir Ade sagen.“ Die Frau sprach: „Narr, das ist dein Kätzchen nicht, das ist die Morgensonne, die auf den Schornstein scheint.“ Hänsel aber hatte nicht nach dem Kätzchen gesehen, sondern immer einen von den blanken Kieselsteinen aus seiner Tasche auf den Weg geworfen.

Als sie mitten in den Wald gekommen waren, sprach der Vater: „Nun sammelt Holz, ihr Kinder, ich will ein Feuer anmachen, damit ihr nicht friert.“ Hänsel und Gretel trugen Reisig zusammen, einen kleinen Berg hoch. Das Reisig ward angezündet, und als die Flamme recht hoch brannte, sagte die Frau: „Nun legt euch ans Feuer, ihr Kinder, und ruht euch aus, wir gehen in den Wald und hauen Holz. Wenn wir fertig sind, kommen wir wieder und holen euch ab.“

Hänsel und Gretel saßen am Feuer, und als der Mittag kam, aß jedes sein Stücklein Brot. Und weil sie die Schläge der Holzaxt hörten, so glaubten sie, ihr Vater wäre in der Nähe. Es war aber nicht die Holzaxt, es war ein Ast, den er an einen dürren Baum gebunden hatte, und den der Wind hin und her schlug. Und als sie so lange gesessen hatten, fielen ihnen die Augen vor Müdigkeit zu und sie schliefen fest ein. Als sie endlich erwachten, war es schon finstere Nacht. Gretel fing an zu weinen und sprach: „Wie sollen wir nun aus dem Wald kommen!" Hänsel aber tröstete sie: „Wart nur ein Weilchen, bis der Mond aufgegangen ist, dann wollen wir den Weg schon finden." Und als der volle Mond aufgestiegen war, so nahm Hänsel sein Schwesterchen an der Hand und ging den Kieselsteinen nach, die schimmerten wie neu geschlagene Batzen und zeigten ihnen den Weg. Sie gingen die ganze Nacht hindurch und kamen bei anbrechendem Tag wieder zu ihres Vaters Haus. Sie klopften an die Tür, und als die Frau aufmachte und sah, dass es Hänsel und Gretel war, sprach sie: „Ihr bösen Kinder, was habt ihr so lange im Walde geschlafen, wir haben geglaubt, ihr wolltet gar nicht wiederkommen." Der Vater aber freute sich, denn es war ihm zu Herzen gegangen, dass er sie so allein zurückgelassen hatte.

Nicht lange danach war wieder Not in allen Ecken, und die Kinder hörten, wie die Mutter nachts im Bette zu dem Vater sprach: „Alles ist wieder aufgezehrt, wir haben noch einen halben Laib Brot, hernach hat das Lied ein Ende. Die Kinder müssen fort, wir wollen sie tiefer in den Wald hineinführen, damit sie den Weg nicht wieder herausfinden; es ist sonst keine Rettung für uns." Dem Mann fiels schwer aufs Herz, und er dachte: ‚Es wäre besser, dass du den letzten Bissen mit deinen Kindern teiltest.' Aber die Frau hörte auf nichts, was er sagte, schalt ihn und machte ihm Vorwürfe. Wer A sagt, muss auch B sagen, und weil er das erste Mal nachgegeben hatte, so musste er es auch zum zweiten Mal.

Die Kinder waren aber noch wach gewesen und hatten das Gespräch mit angehört. Als die Alten schliefen, stand Hänsel wieder auf, wollte hinaus und Kieselsteine auflesen wie das vorige Mal, aber die Frau hatte die Tür verschlossen und Hänsel konnte nicht heraus. Aber er tröstete sein Schwesterchen und sprach: „Weine nicht, Gretel, und schlaf nur ruhig, der liebe Gott wird uns schon helfen."

Am frühen Morgen kam die Frau und holte die Kinder aus dem Bette. Sie erhielten ihr Stückchen Brot, das war aber noch kleiner als das vorige Mal. Auf dem Wege nach dem Wald bröckelte es Hänsel in der Tasche, stand oft still und warf ein Bröcklein auf die Erde. „Hänsel, was stehst du und guckst dich um“, sagte der Vater, „geh deiner Wege.“ „Ich sehe nach meinem Täubchen, das sitzt auf dem Dache und will mir Ade sagen“, antwortete Hänsel. „Narr“, sagte die Frau, „das ist dein Täubchen nicht, das ist die Morgensonne, die auf den Schornstein oben scheint.“ Hänsel aber warf nach und nach alle Bröcklein auf den Weg.

Die Frau führte die Kinder noch tiefer in den Wald, wo sie ihr Lebtag noch nicht gewesen waren. Da ward wieder ein großes Feuer angemacht, und die Mutter sagte: „Bleibt nur da sitzen, ihr Kinder, und wenn ihr müde seid, könnt ihr ein wenig schlafen: Wir gehen in den Wald und hauen Holz, und abends, wenn wir fertig sind, kommen wir und holen euch ab.“ Als es Mittag war, teilte Gretel ihr Brot mit Hänsel, der sein Stück auf den Weg gestreut hatte. Dann schliefen sie ein, und der Abend verging, aber niemand kam zu den armen Kindern. Sie erwachten erst in der finsteren Nacht, und Hänsel tröstete sein Schwesterchen und sagte: „Wart nur, Gretel, bis der Mond aufgeht, dann werden wir die Brotbröcklein sehen, die ich ausgestreut habe, die zeigen uns den Weg nach Haus.“ Als der Mond kam, machten sie sich auf, aber sie fanden kein Bröcklein mehr, denn die vieltausend Vögel, die im Walde und im Felde umherfliegen, die hatten sie weggepickt. Hänsel sagte zu Gretel: „Wir werden den Weg schon finden“, aber sie fanden ihn nicht. Sie gingen die ganze Nacht und noch einen Tag von Morgen bis Abend, aber sie kamen aus dem Wald nicht heraus und waren so hungrig, denn sie hatten nichts als die paar Beeren, die auf der Erde standen. Und weil sie so müde waren, dass die Beine sie nicht mehr tragen wollten, so legten sie sich unter einen Baum und schliefen ein.

Nun wars schon der dritte Morgen, dass sie ihres Vaters Haus verlassen hatten. Sie fingen wieder an zu gehen, aber sie gerieten immer tiefer in den Wald, und wenn nicht bald Hilfe kam, so mussten sie verschmachten. Als es Mittag war, sahen sie ein schönes schneeweißes Vöglein auf einem Ast sitzen, das sang so schön, dass sie stehen blieben und ihm zuhörten. Und als es fertig war, schwang es seine Flügel und flog vor ihnen her und sie gingen ihm nach, bis sie zu einem Häuschen gelangten, auf dessen Dach es sich setzte, und als sie ganz nah herankamen, so sahen sie, dass das Häuslein aus Brot gebaut war und mit Kuchen gedeckt; aber die Fenster waren von hellem Zucker. „Da wollen wir uns dranmachen", sprach Hänsel, „und eine gesegnete Mahlzeit halten. Ich will ein Stück vom Dach essen, Gretel, du kannst vom Fenster essen, das schmeckt süß." Hänsel reichte in die Höhe und brach sich ein wenig vom Dach ab, um zu versuchen, wie es schmeckte, und Gretel stellte sich an die Scheiben und knuperte daran. Da rief eine feine Stimme aus der Stube heraus:

„Knuper, knuper, kneischen,
wer knupert an meinem Häuschen?"

Die Kinder antworteten:

„Der Wind, der Wind,
das himmlische Kind",

und aßen weiter, ohne sich irremachen zu lassen. Hänsel, dem das Dach sehr gut schmeckte, riss sich ein großes Stück davon herunter, und Gretel stieß eine ganze runde Fensterscheibe heraus, setzte sich nieder und tat sich wohl damit. Da ging auf einmal die Türe auf und eine steinalte Frau, die sich auf eine Krücke stützte, kam herausgeschlichen. Hänsel und Gretel erschraken so gewaltig, dass sie fallen ließen, was sie in den Händen hielten. Die Alte aber wackelte mit dem Kopfe und sprach: „Ei, ihr lieben Kinder, wer hat euch hierhergebracht? Kommt nur herein und bleibt bei mir, es geschieht euch kein Leid." Sie fasste beide an der Hand und führte sie in ihr Häuschen. Da ward gutes Essen aufgetragen, Milch und Pfannekuchen mit Zucker, Äpfel und Nüsse. Hernach wurden zwei schöne Bettlein weiß gedeckt, und Hänsel und Gretel legten sich hinein und meinten, sie wären im Himmel.

Die Alte hatte sich nur so freundlich angestellt, sie war aber eine böse Hexe, die den Kindern auflauerte, und hatte das Brothäuslein bloß gebaut, um sie herbeizulocken. Wenn eins in ihre Gewalt kam, so machte sie es tot, kochte es und aß es, und das war ihr ein Festtag. Die Hexen haben rote Augen und können nicht weit sehen, aber sie haben eine feine Witterung, wie die Tiere, und merkens, wenn Menschen herankommen. Als Hänsel und Gretel in ihre Nähe kamen, da lachte sie boshaft und sprach höhnisch: „Die habe ich, die sollen mir nicht wieder entwischen.“ Frühmorgens, ehe die Kinder erwacht waren, stand sie schon auf, und als sie beide so lieblich ruhen sah, mit den vollen roten Backen, so murmelte sie vor sich hin: „Das wird ein guter Bissen werden.“ Da packte sie Hänsel mit ihrer dürren Hand und trug ihn in einen kleinen Stall und sperrte ihn mit einer Gittertüre ein. Er mochte schreien, wie er wollte, es half ihm nichts. Dann ging sie zu Gretel, rüttelte sie wach und rief: „Steh auf, Faulenzerin, trag Wasser und koch deinem Bruder etwas Gutes, der sitzt draußen im Stall und soll fett werden. Wenn er fett ist, so will ich ihn essen.“ Gretel fing an bitterlich zu weinen, aber es war alles vergeblich, sie musste tun, was die böse Hexe verlangte.

Nun ward dem armen Hänsel das beste Essen gekocht, aber Gretel bekam nichts als Krebsschalen. Jeden Morgen schlich die Alte zu dem Ställchen und rief: „Hänsel, streck deine Finger heraus, damit ich fühle, ob du bald fett bist.“ Hänsel streckte ihr aber ein Knöchlein heraus, und die Alte, die trübe Augen hatte, konnte es nicht sehen, und meinte, es wären Hänsels Finger, und verwunderte sich, dass er gar nicht fett werden wollte. Als vier Wochen herum waren und Hänsel immer mager blieb, da übernahm sie die Ungeduld, und sie wollte nicht länger warten. „Heda, Gretel“, rief sie dem Mädchen zu, „sei flink und trag Wasser: Hänsel mag fett oder mager sein, morgen will ich ihn schlachten und kochen.“ Ach, wie jammerte das arme Schwesterchen, als es das Wasser tragen musste, und wie flossen ihm die Tränen über die Backen herunter! „Lieber Gott, hilf uns doch“, rief sie aus, „hätten uns nur die wilden Tiere im Wald gefressen, so wären wir doch zusammen gestorben.“ „Spar nur dein Geplärre“, sagte die Alte, „es hilft dir alles nichts.“

Frühmorgens musste Gretel heraus, den Kessel mit Wasser aufhängen und Feuer anzünden. „Erst wollen wir backen", sagte die Alte, „ich habe den Backofen schon eingeheizt und den Teig geknetet!" Sie stieß das arme Gretel hinaus zu dem Backofen, aus dem die Feuerflammen schon herausschlugen. „Kriech hinein", sagte die Hexe, „und sieh zu, ob recht eingeheizt ist, damit wir das Brot hineinschieben können." Und wenn Gretel darin war, wollte sie den Ofen zumachen und Gretel sollte darin braten und dann wollte sie's auch aufessen. Aber Gretel merkte, was sie im Sinn hatte, und sprach: „Ich weiß nicht, wie ich's machen soll; wie komm ich da hinein?" „Dumme Gans", sagte die Alte, „die Öffnung ist groß genug, siehst du wohl, ich könnte selbst hinein", krabbelte heran und steckte den Kopf in den Backofen. Da gab ihr Gretel einen Stoß, dass sie weit hineinfuhr, machte die eiserne Tür zu und schob den Riegel vor. Hu! Da fing sie an zu heulen, ganz grauselig; aber Gretel lief fort, und die gottlose Hexe musste elendiglich verbrennen.

Gretel aber lief schnurstracks zum Hänsel, öffnete sein Ställchen und rief: „Hänsel, wir sind erlöst, die alte Hexe ist tot!" Da sprang Hänsel heraus, wie ein Vogel aus dem Käfig, wenn ihm die Türe aufgemacht wird. Wie haben sie sich gefreut, sind sich um den Hals gefallen, sind herumgesprungen und haben sich geküsst! Und weil sie sich nicht mehr zu fürchten brauchten, so gingen sie in das Haus der Hexe hinein, da standen in allen Ecken Kasten mit Perlen und Edelsteinen. „Die sind noch besser als Kieselsteine", sagte Hänsel und steckte in seine Taschen, was hineinwollte, und Gretel sagte: „Ich will auch etwas mit nach Haus bringen", und füllte sich sein Schürzchen voll. „Aber jetzt wollen wir fort", sagte Hänsel, „damit wir aus dem Hexenwald herauskommen." Als sie aber ein paar Stunden gegangen waren, gelangten sie an ein großes Wasser. „Wir können nicht hinüber", sprach Hänsel, „ich seh keinen Steg und keine Brücke." „Hier fährt auch kein Schiffchen", antwortete Gretel, „aber da schwimmt eine weiße Ente, wenn ich die bitte, so hilft sie uns hinüber." Da rief sie:

„Entchen, Entchen,
da steht Gretel und Hänsel.
Kein Steg und keine Brücke,
nimm uns auf deinen weißen Rücken.“

Das Entchen kam auch heran, und Hänsel setzte sich auf und bat sein Schwesterchen, sich zu ihm zu setzen. „Nein“, antwortete Gretel, „es wird dem Entchen zu schwer, es soll uns nacheinander hinüberbringen.“ Das tat das gute Tierchen, und als sie glücklich drüben waren und ein Weilchen fortgingen, da kam ihnen der Wald immer bekannter und immer bekannter vor, und endlich erblickten sie von Weitem ihres Vaters Haus. Da fingen sie an zu laufen, stürzten in die Stube hinein und fielen ihrem Vater um den Hals. Der Mann hatte keine frohe Stunde gehabt, seitdem er die Kinder im Walde gelassen hatte, die Frau aber war gestorben. Gretel schüttete sein Schürzchen aus, dass die Perlen und Edelsteine in der Stube herumsprangen, und Hänsel warf eine Hand voll nach der anderen aus seiner Tasche dazu. Da hatten alle Sorgen ein Ende, und sie lebten in lauter Freude zusammen.

DAS TAPFERE SCHNEIDERLEIN

An einem Sommermorgen saß ein Schneiderlein auf seinem Tisch am Fenster, war guter Dinge und nähte aus Leibeskräften. Da kam eine Bauersfrau die Straße herab und rief: „Gut Mus feil! Gut Mus feil!“ Das klang dem Schneiderlein lieblich in die Ohren, er steckte sein zartes Haupt zum Fenster hinaus und rief: „Hier herauf, liebe Frau, hier wird sie ihre Ware los.“ Die Frau stieg die drei Treppen mit ihrem schweren Korbe zu dem Schneider herauf und musste die Töpfe sämtlich vor ihm auspacken. Er besah sie alle, hob sie in die Höhe, hielt die Nase dran und sagte endlich: „Das Mus scheint mir gut, wieg sie mir doch vier Lot ab, liebe Frau, wenns auch ein Viertelpfund ist, kommt es mir nicht darauf an.“ Die Frau, welche gehofft hatte, einen guten Absatz zu finden, gab ihm, was er verlangte, ging aber ganz ärgerlich und brummig fort. „Nun, das Mus soll mir Gott gesegnen“, rief das Schneiderlein, „und soll mir Kraft und Stärke geben“, holte das Brot aus dem Schrank, schnitt sich ein Stück über den ganzen Laib und strich das Mus darüber. „Das wird nicht bitter schmecken“, sprach er, „aber erst will ich das Wams fertig machen, eh ich anbeiße.“ Er legte das Brot neben sich, nähte weiter und machte vor Freude immer größere Stiche. Indes stieg der Geruch von dem süßen Mus hinauf an die Wand, wo die Fliegen in großer Menge saßen, sodass sie herangelockt wurden und sich scharenweis darauf niederließen. „Ei, wer hat euch eingeladen?“, sprach das Schneiderlein und jagte die ungebetenen Gäste fort. Die Fliegen aber, die kein Deutsch verstanden, ließen sich nicht abweisen, sondern kamen in immer größerer Gesellschaft wieder. Da lief dem Schneiderlein endlich, wie man sagt, die Laus über die Leber, es langte nach einem Tuchlappen, und „wart, ich will es euch geben!“ schlug es unbarmherzig drauf. Als es abzog und zählte, so lagen nicht weniger als sieben vor ihm tot und streckten die Beine. „Bist du so ein Kerl?“, sprach er und musste selbst seine Tapferkeit bewundern, „das soll die ganze Stadt erfahren.“ Und in der Hast schnitt sich das

Schneiderlein einen Gürtel, nähte ihn und stickte mit großen Buchstaben darauf: „Sieben auf einen Streich!“ „Ei was Stadt!“, sprach er weiter, „die ganze Welt solls erfahren!“, und sein Herz wackelte ihm vor Freude wie ein Lämmerschwänzchen.

Der Schneider band sich den Gürtel um den Leib und wollte in die Welt hinaus, weil er meinte, die Werkstätte sei zu klein für seine Tapferkeit. Eh er abzog, suchte er im Haus herum, ob nichts da wäre, was er mitnehmen könnte, er fand aber nichts als einen alten Käs, den steckte er ein. Vor dem Tore bemerkte er einen Vogel, der sich im Gesträuch gefangen hatte, der musste zu dem Käse in die Tasche. Nun nahm er den Weg tapfer zwischen die Beine, und weil er leicht und behänd war, fühlte er keine Müdigkeit. Der Weg führte ihn auf einen Berg, und als er den höchsten Gipfel erreicht hatte, so saß da ein gewaltiger Riese und schaute sich ganz gemächlich um. Das Schneiderlein ging beherzt auf ihn zu, redete ihn an und sprach: „Guten Tag, Kamerad, gelt, du sitzest da und besiehst dir die weitläufige Welt? Ich bin eben auf dem Wege dahin und will mich versuchen. Hast du Lust mitzugehen?“ Der Riese sah den Schneider verächtlich an und sprach: „Du Lump! Du miserabler Kerl!“ „Das wäre!“, antwortete das Schneiderlein, knöpfte den Rock auf und zeigte dem Riesen den Gürtel, „da kannst du lesen, was ich für ein Mann bin.“ Der Riese las: „Sieben auf einen Streich“, meinte, das wären Menschen gewesen, die der Schneider erschlagen hätte, und kriegte ein wenig Respekt vor dem kleinen Kerl. Doch wollte er ihn erst prüfen, nahm einen Stein in die Hand und drückte ihn zusammen, dass das Wasser heraustropfte. „Das mach mir nach“, sprach der Riese, „wenn du Stärke hast.“ „Ists weiter nichts?“, sagte das Schneiderlein, „das ist bei unsereinem Spielwerk“, griff in die Tasche, holte den weichen Käs und drückte ihn, dass der Saft herauslief. „Gelt“, sprach er, „das war ein wenig besser?“ Der Riese wusste nicht, was er sagen sollte, und konnte es von dem Männlein nicht glauben. Da hob der Riese einen Stein auf und warf ihn so hoch, dass man ihn mit Augen kaum noch sehen konnte: „Nun, du Erpelmännchen, das tu mir nach.“ „Gut geworfen“, sagte der Schneider, „aber der Stein hat doch wieder zur Erde herabfallen müssen, ich will dir einen werfen, der soll gar nicht wiederkommen“, griff in die Tasche, nahm den Vogel und warf ihn in die Luft. Der Vogel, froh über seine Freiheit, stieg auf, flog fort und kam nicht wieder. „Wie gefällt dir das Stückchen, Kamerad?“, fragte der Schneider. „Werfen kannst du wohl“, sagte der Riese, „aber nun wollen wir sehen, ob du imstande bist, etwas Ordentliches zu tragen.“ Er führte das Schneiderlein zu einem mächtigen Eichbaum, der da gefällt auf dem Boden lag, und sagte: „Wenn du stark genug bist, so hilf mir den Baum aus dem Walde heraustragen.“ „Gerne“, antwortete der kleine Mann, „nimm du nur den Stamm auf deine Schulter, ich will die Äste mit dem Gezweig aufheben und tragen, das ist doch das Schwerste.“ Der Riese nahm den Stamm auf die Schulter, der Schneider aber setzte sich auf einen Ast, und der Riese, der sich nicht umsehen konnte, musste den ganzen Baum und das Schneiderlein noch obendrein forttragen. Es war da hinten ganz lustig und guter Dinge, pfiff das Liedchen „Es ritten drei Schneider zum Tore hinaus“, als wär das Baumtragen ein Kinderspiel. Der Riese, nachdem er ein Stück Wegs die schwere Last fortgeschleppt hatte, konnte nicht weiter und rief: „Hör, ich muss den Baum fallen lassen.“ Der Schneider sprang behändiglich herab, fasste den Baum mit beiden Armen, als wenn er ihn getragen hätte, und sprach zum Riesen: „Du bist ein so großer Kerl und kannst den Baum nicht einmal tragen.“

Sie gingen zusammen weiter, und als sie an einem Kirschbaum vorbeigingen, fasste der Riese die Krone des Baums, wo die zeitigsten Früchte hingen, bog sie herab, gab sie dem Schneider in die Hand und hieß ihn essen. Das Schneiderlein aber war viel zu schwach, um den Baum zu halten, und als der Riese losließ, fuhr der Baum in die Höhe und der Schneider ward mit in die Luft geschnellt. Als er wieder ohne Schaden herabgefallen war, sprach der Riese: „Was ist das, hast du nicht Kraft, die schwache Gerte zu halten?“ „An der Kraft fehlt es nicht“, antwortete das Schneiderlein, „meinst du, das wäre etwas für einen, der sieben mit einem Streich getroffen hat? Ich bin über den Baum gesprungen, weil die Jäger da unten in das Gebüsch schießen. Spring nach, wenn du's vermagst.“ Der Riese machte den Versuch, konnte aber nicht über den Baum kommen, sondern blieb in den Ästen hängen, also dass das Schneiderlein auch hier die Oberhand behielt.

Der Riese sprach: „Wenn du ein so tapferer Kerl bist, so komm mit in unsere Höhle und übernachte bei uns.“ Das Schneiderlein war bereit und folgte ihm. Als sie in der Höhle anlangten, saßen da noch andere Riesen beim Feuer, und jeder hatte ein gebratenes Schaf in der Hand und aß davon. Das Schneiderlein sah sich um und dachte: ‚Es ist doch hier viel weitläufiger als in meiner Werkstatt.‘ Der Riese wies ihm ein Bett an und sagte, er sollte sich hineinlegen und ausschlafen. Dem Schneiderlein war aber das Bett zu groß, er legte sich nicht hinein, sondern kroch in eine Ecke. Als es Mitternacht war und der Riese meinte, das Schneiderlein läge in tiefem Schlafe, so stand er auf, nahm eine große Eisenstange und schlug das Bett mit einem Schlag durch und meinte, er hätte dem Grashüpfer den Garaus gemacht. Mit dem frühsten Morgen gingen die Riesen in den Wald und hatten das Schneiderlein ganz vergessen, da kam es auf einmal ganz lustig und verwegen dahergeschritten. Die Riesen erschraken, fürchteten, es schlüge sie alle tot, und liefen in einer Hast fort.

Das Schneiderlein zog weiter, immer seiner spitzen Nase nach. Nachdem es lange gewandert war, kam es in den Hof eines königlichen Palastes, und da es Müdigkeit empfand, so legte es sich ins Gras und schlief ein. Während es da lag, kamen die Leute, betrachteten es von allen Seiten und lasen auf dem Gürtel: „Sieben auf einen Streich.“ „Ach“, sprachen sie, „was will der große Kriegsheld hier mitten im Frieden? Das muss ein mächtiger Herr sein.“ Sie gingen und meldeten es dem König und meinten, wenn Krieg ausbrechen sollte, wäre das ein wichtiger und nützlicher Mann, den man um keinen Preis fortlassen dürfte.

Dem König gefiel der Rat, und er schickte einen von seinen Hofleuten an das Schneiderlein ab, der sollte ihm, wenn es aufgewacht wäre, Kriegsdienste anbieten. Der Abgesandte blieb bei dem Schläfer stehen, wartete, bis er seine Glieder streckte und die Augen aufschlug, und brachte dann seinen Antrag vor. „Eben deshalb bin ich hierher gekommen", antwortete er, „ich bin bereit, in des Königs Dienste zu treten." Also ward er ehrenvoll empfangen und ihm eine besondere Wohnung angewiesen.

Die Kriegsleute aber waren dem Schneiderlein aufgesessen und wünschten, es wäre tausend Meilen weit weg. „Was soll daraus werden?", sprachen sie untereinander, „wenn wir Zank mit ihm kriegen und er haut zu, so fallen auf jeden Streich sieben. Da kann unsereiner nicht bestehen." Also fassten sie einen Entschluss, begaben sich allesamt zum König und baten um ihren Abschied. „Wir sind nicht gemacht", sprachen sie, „neben einem Mann auszuhalten, der sieben auf einen Streich schlägt." Der König war traurig, dass er um des einen willen alle seine treuen Diener verlieren sollte, wünschte, dass seine Augen ihn nie gesehen hätten, und wäre ihn gerne wieder los gewesen. Aber er getraute sich nicht, ihm den Abschied zu geben, weil er fürchtete, er möchte ihn samt seinem Volke totschlagen und sich auf den königlichen Thron setzen. Er sann lange hin und her, endlich fand er einen Rat. Er schickte zu dem Schneiderlein und ließ ihm sagen, weil er ein so großer Kriegsheld wäre, so wollte er ihm ein Anerbieten machen. In einem Walde seines Landes hausten zwei Riesen, die mit Rauben, Morden, Sengen und Brennen großen Schaden stifteten, niemand dürfte sich ihnen nahen, ohne sich in Lebensgefahr zu setzen. Wenn er diese beiden Riesen überwände und tötete, so wollte er ihm seine einzige Tochter zur Gemahlin geben und das halbe Königreich zur Ehesteuer; auch sollten hundert Reiter mitziehen und ihm Beistand leisten. ‚Das wäre so etwas für einen Mann, wie du bist', dachte das Schneiderlein, ‚eine schöne Königstochter und ein halbes Königreich wird einem nicht alle Tage angeboten.' „O ja", gab er zur Antwort, „die Riesen will ich schon bändigen und habe die hundert Reiter dabei nicht nötig: Wer sieben auf einen Streich trifft, braucht sich vor zweien nicht zu fürchten."

Das Schneiderlein zog aus, und die hundert Reiter folgten ihm. Als er zu dem Rand des Waldes kam, sprach er zu seinen Begleitern: „Bleibt hier nur halten, ich will schon allein mit den Riesen fertig werden." Dann sprang er in den Wald hinein und schaute sich rechts und links um. Über ein Weilchen erblickte er beide Riesen: Sie lagen unter einem Baume und schliefen und schnarchten dabei, dass sich die Äste auf und nieder bogen. Das Schneiderlein, nicht faul, las beide Taschen voll Steine und stieg damit auf den Baum. Als es in der Mitte war, rutschte es auf einen Ast, bis es gerade über die Schläfer zu sitzen kam, und ließ dem einen Riesen einen Stein nach dem andern auf die Brust fallen. Der Riese spürte lange nichts, doch endlich wachte er auf, stieß seinen Gesellen an und sprach: „Was schlägst du mich?" „Du träumst", sagte der andere, „ich schlage dich nicht." Sie legten sich wieder zum Schlaf, da warf der Schneider auf den zweiten einen Stein herab. „Was soll das?", rief der andere, „warum wirfst du mich?" „Ich werfe dich nicht", antwortete der erste und brummte. Sie zankten sich eine Weile herum, doch weil sie müde waren, ließen sie's gut sein, und die Augen fielen ihnen wieder zu. Das Schneiderlein fing sein Spiel von Neuem an, suchte den dicksten Stein aus und warf ihn dem ersten Riesen mit aller Gewalt auf die Brust. „Das ist zu arg!", schrie er, sprang wie ein Unsinniger auf und stieß seinen Gesellen wider den Baum, dass dieser zitterte. Der andere zahlte mit gleicher Münze, und sie gerieten in solche Wut, dass sie Bäume ausrissen, aufeinander losschlugen, so lang, bis sie endlich beide zugleich tot auf die Erde fielen. Nun sprang das Schneiderlein herab. „Ein Glück nur", sprach es, „dass sie den Baum, auf dem ich saß, nicht ausgerissen haben, sonst hätte ich wie ein Eichhörnchen auf einen andern springen müssen: Doch unsereiner ist flüchtig!" Es zog sein Schwert und versetzte jedem ein paar tüchtige Hiebe in die Brust, dann ging es hinaus zu den Reitern und sprach: „Die Arbeit ist getan, ich habe beiden den Garaus gemacht. Aber hart ist es hergegangen, sie haben in der Not Bäume ausgerissen und sich gewehrt, doch das hilft alles nichts, wenn einer kommt wie ich, der sieben auf einen Streich schlägt." „Seid Ihr denn nicht verwundet?", fragten die Reiter. „Das hat gute Wege", antwortete der Schneider, „kein Haar haben sie mir gekrümmt." Die Reiter wollten ihm keinen Glauben beimessen und ritten in den Wald hinein: Da fanden sie die Riesen in ihrem Blute schwimmend, und ringsherum lagen die ausgerissenen Bäume.

Das Schneiderlein verlangte von dem König die versprochene Belohnung, den aber reute sein Versprechen und er sann aufs Neue, wie er sich den Helden vom Halse schaffen könnte. „Ehe du meine Tochter und das halbe Reich erhältst", sprach er zu ihm, „musst du noch eine Heldentat vollbringen. In dem Walde läuft ein Einhorn, das großen Schaden anrichtet, das musst du erst einfangen." „Vor einem Einhorne fürchte ich mich noch weniger als vor zwei Riesen; sieben auf einen Streich, das ist meine Sache." Er nahm sich einen Strick und eine Axt mit, ging hinaus in den Wald, und hieß abermals die, welche ihm zugeordnet waren, außen warten. Er brauchte nicht lange zu suchen, das Einhorn kam bald daher und sprang geradezu auf den Schneider los, als wollte es ihn ohne Umstände aufspießen. „Sachte, sachte", sprach er, „so geschwind geht das nicht", blieb stehen und wartete, bis das Tier ganz nahe war, dann sprang er behändiglich hinter den Baum. Das Einhorn rannte mit aller Kraft gegen den Baum und spießte sein Horn so fest in den Stamm, dass es nicht Kraft genug hatte, es wieder herauszuziehen, und so war es gefangen. „Jetzt hab ich das Vöglein", sagte der Schneider, kam hinter dem Baum hervor, legte dem Einhorn den Strick erst um den Hals, dann hieb er mit der Axt das Horn aus dem Baum, und als alles in Ordnung war, führte er das Tier ab und brachte es dem König.

Der König wollte ihm den verheißenen Lohn noch nicht gewähren und machte eine dritte Forderung. Der Schneider sollte ihm vor der Hochzeit erst ein Wildschwein fangen, das in dem Wald großen Schaden tat; die Jäger sollten ihm Beistand leisten. „Gerne", sprach der Schneider, „das ist ein Kinderspiel." Die Jäger nahm er nicht mit in den Wald und sie warens wohl zufrieden, denn das Wildschwein hatte sie schon mehrmals so empfangen, dass sie keine Lust hatten, ihm nachzustellen. Als das Schwein den Schneider erblickte, lief es mit schäumendem Munde und wetzenden Zähnen auf ihn zu und wollte ihn zur Erde werfen: Der flüchtige Held aber sprang in eine Kapelle, die in der Nähe war, und gleich oben zum Fenster in einem Satze wieder hinaus. Das Schwein war hinter ihm hergelaufen, er aber hüpfte außen herum und schlug die Türe hinter ihm zu; da war das wütende Tier gefangen, das viel zu schwer und unbehilflich war, um zu dem Fenster hinauszuspringen. Das Schneiderlein rief die Jäger herbei, die mussten den Gefangenen mit eigenen Augen sehen. Der Held aber begab sich zum Könige, der nun, er mochte wollen oder nicht, sein Versprechen halten musste und ihm seine Tochter und das halbe Königreich übergab. Hätte er gewusst, dass kein Kriegsheld, sondern ein Schneiderlein vor ihm stand, es wäre ihm noch mehr zu Herzen gegangen. Die Hochzeit ward also mit großer Pracht und kleiner Freude gehalten und aus einem Schneider ein König gemacht.

Nach einiger Zeit hörte die junge Königin in der Nacht, wie ihr Gemahl im Traume sprach: „Junge, mach mir das Wams und flick mir die Hosen, oder ich will dir die Elle über die Ohren schlagen." Da merkte sie, in welcher Gasse der junge Herr geboren war, klagte am andern Morgen ihrem Vater ihr Leid und bat, er möchte ihr von dem Manne helfen, der nichts anders als ein Schneider wäre. Der König sprach ihr Trost zu und sagte: „Lass in der nächsten Nacht deine Schlafkammer offen, meine Diener sollen außen stehen und, wenn er eingeschlafen ist, hineingehen, ihn binden und auf ein Schiff tragen, das ihn in die weite Welt führt." Die Frau war damit zufrieden, des Königs Waffenträger aber, der alles mit angehört hatte, war dem jungen Herrn gewogen und hinterbrachte ihm den ganzen

Anschlag. „Dem Ding will ich einen Riegel vorschieben", sagte das Schneiderlein. Abends legte es sich zu gewöhnlicher Zeit mit seiner Frau zu Bett. Als sie glaubte, er sei eingeschlafen, stand sie auf, öffnete die Türe und legte sich wieder. Das Schneiderlein, das sich nur stellte, als wenn es schlief, fing an mit heller Stimme zu rufen: „Junge, mach das Wams und flick mir die Hosen, oder ich will dir die Elle über die Ohren schlagen! Ich habe sieben mit einem Streiche getroffen, zwei Riesen getötet, ein Einhorn fortgeführt und ein Wildschwein gefangen, und sollte mich vor denen fürchten, die draußen vor der Kammer stehen!" Als diese den Schneider so sprechen hörten, überkam sie eine große Furcht, sie liefen, als wenn das wilde Heer hinter ihnen wäre, und keiner wollte sich mehr an ihn wagen. Also war und blieb das Schneiderlein sein Lebtag König.

ASCHENPUTTEL

Es war einmal ein reicher Mann, der lebte lange Zeit vergnügt mit seiner Frau und sie hatten ein einziges Töchterlein zusammen. Da ward die Frau krank, und als sie todkrank war, rief sie ihre Tochter und sagte: „Liebes Kind, ich muss dich verlassen, aber wenn ich oben im Himmel bin, will ich auf dich herabsehen. Pflanz ein Bäumchen auf mein Grab, und wenn du etwas wünschest, schüttele daran, so sollst du es haben, und wenn du sonst in Not bist, so will ich dir Hilfe schicken, nur bleib fromm und gut." Darauf tat sie die Augen zu und starb; das Kind aber weinte und pflanzte ein Bäumchen auf das Grab und brauchte kein Wasser hinzutragen, um es zu begießen, denn es war genug mit seinen Tränen.

Der Schnee deckte ein weiß Tüchlein auf der Mutter Grab, und als die Sonne es wieder weggezogen hatte und das Bäumlein zum zweiten Mal grün geworden war, da nahm sich der Mann eine andere Frau. Die Stiefmutter aber hatte schon zwei Töchter von ihrem ersten Mann, die waren von Angesicht schön, von Herzen aber stolz, hoffärtig und bös.

Da ging eine schlimme Zeit für das arme Stiefkind an. „Soll die dumme Gans bei uns in der Stube sitzen!", sprachen sie, „wer Brot essen will, muss es verdienen: Hinaus mit der Küchenmagd." Sie nahmen ihm seine schönen Kleider weg, zogen ihm einen grauen alten Kittel an und gaben ihm hölzerne Schuhe. „Seht einmal die stolze Prinzessin, wie sie geputzt ist!", riefen sie, lachten und führten es in die Küche. Da musste es von Morgen bis Abend schwere Arbeit tun, früh vor Tag aufstehn, Wasser tragen, Feuer anmachen, kochen und waschen. Obendrein taten ihm die Schwestern alles ersinnliche Herzeleid an, verspotteten es und schütteten ihm die Erbsen und Linsen in die Asche, sodass es sitzen und sie wieder auslesen musste. Abends, wenn es sich müde gearbeitet hatte, kam es in kein Bett, sondern musste sich neben den Herd in die Asche legen. Und weil es darum immer staubig und schmutzig aussah, nannten sie es Aschenputtel.

Es begab sich aber, dass der König ein Fest anstellte, das drei Tage dauern sollte und wozu alle schönen Jungfrauen im Lande eingeladen wurden, damit sich sein Sohn eine Braut aussuchen möchte. Die zwei Stiefschwestern, als sie hörten, dass sie auch dabei erscheinen sollten, waren guter Dinge, riefen Aschenputtel und sprachen: „Kämm uns die Haare, bürste uns die Schuhe und mache uns die Schnallen fest, wir gehen zum Ball auf des Königs Schloss." Aschenputtel gehorchte, weinte aber, weil es auch gern zum Tanz mitgegangen wäre, und bat die Stiefmutter, sie möchte es ihm erlauben. „Du Aschenputtel", sprach sie, „bist voll Staub und Schmutz und willst zum Ball? Du hast keine Kleider und Schuhe und willst tanzen!" Als es aber mit Bitten anhielt, sprach sie endlich: „Da habe ich dir eine Schüssel Linsen in die Asche geschüttet, wenn du die Linsen in zwei Stunden wieder ausgelesen hast, so sollst du mitgehen." Da ging es traurig in die Küche und seufzte: „Da muss ich dran lesen bis Mitternacht und darf die Augen nicht zufallen lassen, und wenn sie mir noch so wehtun; wenn das meine Mutter wüsste." Indem flogen zwei weiße Tauben durchs Fenster und setzten sich neben die Linsen. Sie nickten mit den Köpfen und fragten: „Aschenputtel, sollen wir dir helfen Linsen lesen?" – „Ja", antwortete Aschenputtel:

„Die schlechten ins Kröpfchen,
die guten ins Töpfchen."

Und pick pick pick pick fingen sie an und fraßen die schlechten weg und die guten ließen sie liegen. Kaum war eine Stunde herum, so waren sie schon fertig. Da brachte das Mädchen die Schüssel der Stiefmutter, freute sich und glaubte, es dürfte nun mit auf die Hochzeit gehen. Aber sie sprach: „Nein, Aschenputtel, du hast keine Kleider und kannst nicht tanzen, du wirst nur ausgelacht." Als es nun weinte, sprach sie: „Wenn du mir zwei Schüsseln voll Linsen in einer Stunde aus der Asche rein lesen kannst, so sollst du mitgehen", und dachte: ‚Das kann es ja nimmermehr.' Als sie die zwei Schüsseln Linsen in die Asche geschüttet hatte, da flogen die Tauben wieder herein und fragten freundlich: „Aschenputtel, sollen wir dir helfen Linsen lesen?“ – „Ja –

die schlechten ins Kröpfchen,
die guten ins Töpfchen.“

Pick pick pick pick gings so geschwind, als wären zwölf Hände da. Und als sie fertig waren, fragten die Tauben: „Aschenputtel, willst du auch auf den Ball gehen und tanzen?“ „O du mein Gott“, sagte es, „wie kann ich in meinen schmutzigen Kleidern hingehen?“ – „Geh zu dem Bäumchen auf deiner Mutter Grab, schüttele daran und wünsche dir schöne Kleider, komm aber vor Mitternacht wieder.“

Da ging Aschenputtel zu seiner Mutter Grab, schüttelte das Bäumchen und sprach:

„Bäumchen, rüttel dich und schüttel dich,
wirf schöne Kleider über mich.“

Da warf ihm das Bäumchen ein golden und silbern Kleid herunter und mit Seide und Silber ausgestickte Pantoffeln und was sonst dazu gehörte. In aller Eile zog es das Kleid an. Vor der Tür aber stand ein Wagen mit sechs federgeschmückten Rossen und Bedienten in Blau und Silber. Die hoben sie hinein und nun gings zum Ball. Seine Schwestern aber und die Stiefmutter kannten es nicht und meinten, es müsse eine fremde Königstochter sein, so schön sah es in dem goldenen Kleide aus. An Aschenputtel dachten sie gar nicht und dachten, es säße daheim im Schmutz und suchte die Linsen aus der Asche. Der Königssohn kam ihm entgegen, nahm es bei der Hand und tanzte mit ihm. Er wollte auch sonst mit niemand tanzen, also dass er ihm die Hand nicht losließ, und wenn ein anderer kam, es aufzufordern, sprach er: „Das ist meine Tänzerin.“

Es tanzte, bis es Abend war, da wollte es nach Haus gehen. Der Königssohn aber sprach: „Ich gehe mit und begleite dich“, denn er wollte sehen, wem das schöne Mädchen angehörte. Sie entwischte ihm aber und sprang in den Wagen. Als Aschenputtel zu Hause war, ging es wieder zu dem Bäumchen auf der Mutter Grab und sprach:

„Bäumchen, rüttel dich und schüttel dich!
Nimm die Kleider wieder für dich!"

Da nahm der Baum die Kleider wieder und Aschenputtel hatte sein altes Aschenkleid an, damit ging es zurück, machte sein Gesicht staubig und legte sich in die Asche schlafen.

Am andern Tag, als das Fest von Neuem anhub und die Stiefschwestern wieder fort waren, ging Aschenputtel zu dem Haselbaum und sprach:

„Bäumchen, rüttel dich und schüttel dich,
wirf schöne Kleider über mich."

Nun warf ihm das Bäumchen ein Kleid herab, das war so prächtig und glänzend, wie es noch keins gehabt hatte, und die Pantoffeln waren ganz golden. Als es in dem Kleid zum Fest kam, wussten sie alle nicht, was sie vor Verwunderung sagen sollten. Der Königssohn tanzte ganz allein mit ihm, und wenn es einer aufforderte, sprach er: „Das ist meine Tänzerin."

Als es nun Abend war, wollte Aschenputtel fort, und der Königssohn wollte es begleiten, aber es entsprang ihm so geschwind, dass er nicht folgen konnte. Der Königssohn hatte aber eine List gebraucht und hatte die ganze Treppe mit Pech bestreichen lassen: Da war, als es hinabsprang, der linke Pantoffel des Mädchens hängen geblieben. Der Königssohn hob ihn auf, und er war klein und zierlich und ganz golden.

Da ließ der Prinz bekannt machen: Welcher der goldene Pantoffel passe, die solle seine Gemahlin werden. Aber allen war er viel zu klein. Endlich kam die Reihe auch an die beiden Schwestern, die Probe zu machen; sie waren froh, denn sie hatten kleine schöne Füße und dachten: ‚Uns kann es nicht fehlschlagen, wär der Prinz nur gleich zu uns gekommen.' Die älteste ging mit dem Schuh in die Kammer und wollte ihn anprobieren, und die Mutter stand dabei. Aber sie konnte mit der großen Zehe nicht hineinkommen, und der Schuh war ihr zu klein, da reichte ihr die Mutter ein Messer und sprach: „Hau die Zehe ab, wenn du Königin bist, so brauchst du nicht mehr zu Fuß zu gehen." Das Mädchen hieb die Zehe ab, zwängte den Fuß in den Schuh, verbiss den Schmerz und ging heraus zum Königssohn. Da nahm er sie als seine Braut aufs Pferd und ritt mit ihr fort. Sie mussten aber an dem Grabe vorbei, da saßen die zwei Täubchen auf dem Haselbäumchen und riefen:

„Rucke di guck, rucke di guck,
Blut ist im Schuck (Schuh):
Der Schuck ist zu klein,
die rechte Braut sitzt noch daheim."

Da blickte er auf ihren Fuß und auf den Pantoffel, da quoll das Blut heraus.

Er wendete sein Pferd um, brachte die falsche Braut wieder nach Hause und sagte, das wäre nicht die rechte, die andere Schwester solle den Schuh anziehen. Da ging diese in die Kammer und kam mit den Zehen glücklich in den Schuh, aber die Ferse war zu groß. Da reichte ihr die Mutter ein Messer und sprach: „Hau ein Stück von der Ferse ab, wenn du Königin bist, brauchst du nicht mehr zu Fuß zu gehen." Das Mädchen hieb ein Stück von der Ferse ab, zwängte den Fuß in den Schuh, verbiss den Schmerz und ging heraus zum Königssohn. Da nahm er sie als seine Braut aufs Pferd und ritt mit ihr fort. Als sie an dem Haselbäumchen vorbeikamen, saßen die zwei Täubchen darauf und riefen:

„Rucke di guck, rucke di guck,
Blut ist im Schuck:
Der Schuck ist zu klein,
die rechte Braut sitzt noch daheim."

Er blickte nieder auf ihren Fuß und sah, wie das Blut aus dem Schuh quoll und an den weißen Strümpfen ganz rot heraufgestiegen war. Da wendete er sein Pferd und brachte die falsche Braut wieder nach Haus. „Das ist auch nicht die rechte“, sprach er, „aber ist nicht noch eine im Haus?“ „Nein“, sagte die Frau, „nur ein kleines garstiges Aschenputtel ist noch da: Das sitzt unten in der Asche, dem kann der Pantoffel nicht passen.“ Der Königssohn sprach, sie sollte es heraufschicken, die Mutter aber antwortete: „Ach nein, das ist viel zu schmutzig, das darf sich nicht sehen lassen.“ Er wollte es aber durchaus haben, und Aschenputtel musste gerufen werden. Da wusch es sich erst Hände und Angesicht rein, ging dann hin und neigte sich vor dem Königssohn, der ihm den goldenen Schuh reichte. Dann setzte es sich auf einen Schemel, zog den Fuß aus dem schweren Holzschuh und steckte ihn in den Pantoffel, der war wie angegossen. Und als es sich in die Höhe richtete und der König ihm ins Gesicht sah, so erkannte er das schöne Mädchen, das mit ihm getanzt hatte, und rief: „Das ist die rechte Braut.“ Die Stiefmutter und die beiden Schwestern erschraken und wurden bleich, er aber nahm Aschenputtel aufs Pferd und ritt mit ihm fort. Als sie an dem Haselbäumchen vorbeikamen, riefen die zwei weißen Täubchen:

„Rucke di guck, rucke di guck,
kein Blut im Schuck:
Der Schuck ist nicht zu klein,
die rechte Braut, die führt er heim.“

FRAU HOLLE

Eine Witwe hatte zwei Töchter, davon war die eine schön und fleißig, die andere hässlich und faul. Sie hatte aber die hässliche und faule, weil sie ihre rechte Tochter war, viel lieber und die andere musste alle Arbeit tun und der Aschenputtel im Hause sein. Das arme Mädchen musste sich täglich auf die große Straße bei einem Brunnen setzen und musste so viel spinnen, dass ihm das Blut aus den Fingern sprang. Nun trug es sich zu, dass die Spule einmal ganz blutig war, da bückte es sich damit in den Brunnen und wollte sie abwaschen. Sie sprang ihm aber aus der Hand und fiel hinab. Es weinte, lief zur Stiefmutter und erzählte ihr das Unglück. Sie schalt es aber so heftig und war so unbarmherzig, dass sie sprach: „Hast du die Spule hinunterfallen lassen, so hol sie auch wieder herauf." Da ging das Mädchen zu dem Brunnen zurück und wusste nicht, was es anfangen sollte, und in seiner Herzensangst sprang es in den Brunnen hinein, um die Spule zu holen. Es verlor die Besinnung, und als es erwachte und wieder zu sich selber kam, war es auf einer schönen Wiese, wo die Sonne schien und vieltausend Blumen standen. Auf dieser Wiese ging es fort und kam zu einem Backofen, der war voller Brot; das Brot aber rief: „Ach, zieh mich raus, zieh mich raus, sonst verbrenn ich, ich bin schon längst ausgebacken." Da trat es herzu und holte mit dem Brotschieber alles nacheinander heraus. Danach ging es weiter und kam zu einem Baum, der hing voll Äpfel und rief ihm zu: „Ach, schüttel mich, schüttel mich, wir Äpfel sind alle miteinander reif." Da schüttelte es den Baum, dass die Äpfel fielen, als regneten sie, und schüttelte, bis keiner mehr oben war; und als es alle in einen Haufen zusammengelegt hatte, ging es wieder weiter. Endlich kam es zu einem kleinen Haus, daraus guckte eine alte Frau, weil sie aber so große Zähne hatte, ward ihm angst, und es wollte fortlaufen. Die alte Frau aber rief ihm nach: „Was fürchtest du dich, liebes Kind? Bleib bei mir, wenn du alle Arbeit im Hause ordentlich tun willst, so soll dir's gut gehn. Du musst nur Acht geben, dass du mein Bett gut machst und es fleißig aufschüttelst, dass die Federn fliegen, dann schneit es in der Welt*); ich bin die Frau Holle." Weil die Alte ihm so gut zusprach, so fasste sich das Mädchen ein Herz, willigte ein und begab sich in ihren Dienst. Es besorgte auch alles nach ihrer Zufriedenheit und schüttelte ihr das Bett immer gewaltig auf, dass die Federn wie Schneeflocken umherflogen; dafür hatte es auch ein gut Leben bei ihr, kein böses Wort und alle Tage Gesottenes und Gebratenes. Nun war es eine Zeit lang bei der Frau Holle, da ward es traurig und wusste anfangs selbst nicht, was ihm fehlte, endlich merkte es, dass es Heimweh war; ob es ihm hier gleich vieltausendmal besser ging als zu Hause, so hatte es doch ein Verlangen dahin. Endlich sagte es zu ihr: „Ich habe den Jammer nach Haus gekriegt, und wenn es mir auch noch so gut hier unten geht, so kann ich doch nicht länger bleiben." Die Frau Holle sagte: „Es gefällt mir, dass du wieder nach Hause verlangst, und weil du mir so treu gedient hast, so will ich dich selbst wieder hinaufbringen." Sie nahm es darauf bei der Hand und führte es vor ein großes Tor. Das Tor ward aufgetan, und wie das Mädchen gerade darunter stand, fiel ein gewaltiger Goldregen, und alles Gold blieb an ihm hängen, sodass es über und über davon bedeckt war. „Das sollst du haben, weil du so fleißig gewesen bist", sprach die Frau Holle und gab ihm auch die Spule wieder, die ihm in den Brunnen gefallen war. Darauf ward das Tor verschlossen und das Mädchen befand sich oben auf der Welt, nicht weit von seiner Mutter Haus, und als es in den Hof kam, saß der Hahn auf dem Brunnen und rief:

„Kikeriki,
unsere goldene Jungfrau ist wieder hie."

Da ging es hinein zu seiner Mutter, und weil es so mit Gold bedeckt ankam, ward es von ihr und der Schwester gut aufgenommen.

---

*) Darum sagt man in Hessen, wenn es schneit: Die Frau Holle macht ihr Bett.

Das Mädchen erzählte alles, was ihm begegnet war, und als die Mutter hörte, wie es zu dem großen Reichtum gekommen war, wollte sie der andern hässlichen und faulen Tochter gerne dasselbe Glück verschaffen. Sie musste sich an den Brunnen setzen und spinnen; und damit ihre Spule blutig ward, stach sie sich in die Finger und stieß sich die Hand in die Dornhecke. Dann warf sie die Spule in den Brunnen und sprang selber hinein. Sie kam, wie die andere, auf die schöne Wiese und ging auf demselben Pfade weiter. Als sie zu dem Backofen gelangte, schrie das Brot wieder: „Ach, zieh mich raus, zieh mich raus, sonst verbrenn ich, ich bin schon längst ausgebacken." Die Faule aber antwortete: „Da hätt ich Lust, mich schmutzig zu machen", und ging fort. Bald kam sie zu dem Apfelbaum, der rief: „Ach, schüttel mich, schüttel mich, wir Äpfel sind alle miteinander reif." Sie antwortete aber: „Du kommst mir recht, es könnte mir einer auf den Kopf fallen", und ging damit weiter. Als sie vor der Frau Holle Haus kam, fürchtete sie sich nicht, weil sie von ihren großen Zähnen schon gehört hatte, und verdingte sich gleich zu ihr. Am ersten Tag tat sie sich Gewalt an, war fleißig und folgte der Frau Holle, wenn sie ihr etwas sagte, denn sie dachte an das viele Gold, das sie ihr schenken würde; am zweiten Tag aber fing sie schon an zu faulenzen, am dritten noch mehr, da wollte sie morgens gar nicht aufstehen. Sie machte auch der Frau Holle das Bett nicht, wie sich's gebührte, und schüttelte es nicht, dass die Federn aufflogen. Das ward die Frau Holle bald müde und sagte ihr den Dienst auf. Die Faule war das wohl zufrieden und meinte, nun würde der Goldregen kommen; die Frau Holle führte sie auch zu dem Tor, als sie aber darunter stand, ward statt des Goldes ein großer Kessel voll Pech ausgeschüttet. „Das ist zur Belohnung deiner Dienste", sagte die Frau Holle und schloss das Tor zu. Da kam die Faule heim, aber sie war ganz mit Pech bedeckt, und der Hahn auf dem Brunnen, als er sie sah, rief:

„Kikeriki,
unsere schmutzige Jungfrau ist wieder hie.“

Das Pech aber blieb fest an ihr hängen und wollte, solange sie lebte, nicht abgehen.

ROTKÄPPCHEN

Es war einmal eine kleine süße Dirn, die hatte jedermann lieb, der sie nur ansah, am allerliebsten aber ihre Großmutter, die wusste gar nicht, was sie alles dem Kinde geben sollte. Einmal schenkte sie ihm ein Käppchen von rotem Sammet, und weil ihm das so wohl stand und es nichts anders mehr tragen wollte, hieß es nur das Rotkäppchen. Eines Tages sprach seine Mutter zu ihm: „Komm, Rotkäppchen, da hast du ein Stück Kuchen und eine Flasche Wein, bring das der Großmutter hinaus; sie ist krank und schwach und wird sich daran laben. Mach dich auf, bevor es heiß wird, und wenn du hinauskommst, so geh hübsch sittsam und lauf nicht vom Weg ab, sonst fällst du und zerbrichst das Glas und die Großmutter hat nichts. Und wenn du in ihre Stube kommst, so vergiss nicht, Guten Morgen zu sagen, und guck nicht erst in alle Ecken herum."

„Ich will schon alles gut machen", sagte Rotkäppchen zur Mutter und gab ihr die Hand darauf. Die Großmutter aber wohnte draußen im Wald, eine halbe Stunde vom Dorf. Wie nun Rotkäppchen in den Wald kam, begegnete ihm der Wolf. Rotkäppchen aber wusste nicht, was das für ein böses Tier war, und fürchtete sich nicht vor ihm. „Guten Tag, Rotkäppchen", sprach er. „Schönen Dank, Wolf." „Wo hinaus so früh, Rotkäppchen?" „Zur Großmutter." „Was trägst du unter der Schürze?" „Kuchen und Wein, gestern haben wir gebacken, da soll sich die kranke und schwache Großmutter etwas zugutetun und sich damit stärken." „Rotkäppchen, wo wohnt deine Großmutter?" „Noch eine gute Viertelstunde weiter im Wald, unter den drei großen Eichbäumen, da steht ihr Haus, unten sind die Nusshecken, das wirst du ja wissen", sagte Rotkäppchen. Der Wolf dachte bei sich: ‚Das junge zarte Ding, das ist ein fetter Bissen, der wird noch besser schmecken als die Alte: Du musst es listig anfangen, damit du beide erschnappst.' Da ging er ein Weilchen neben Rotkäppchen her, dann sprach er: „Rotkäppchen, sieh einmal die schönen Blumen, die ringsumher stehen, warum guckst du dich nicht um? Ich glaube, du hörst gar nicht, wie die Vöglein so lieblich singen? Du gehst ja für dich hin, als wenn du zur Schule gingst, und ist so lustig haußen in dem Wald."

Rotkäppchen schlug die Augen auf, und als es sah, wie die Sonnenstrahlen durch die Bäume hin und her tanzten und alles voll schöner Blumen stand, dachte es: ‚Wenn ich der Großmutter einen frischen Strauß mitbringe, der wird ihr auch Freude machen; es ist so früh am Tag, dass ich doch zu rechter Zeit ankomme', lief vom Wege ab in den Wald hinein und suchte Blumen. Und wenn es eine gebrochen hatte, meinte es, weiter hinaus stände eine schönere, und lief darnach und geriet immer tiefer in den Wald hinein. Der Wolf aber ging geradeswegs nach dem Haus der Großmutter und klopfte an die Türe. „Wer ist draußen?" „Rotkäppchen, das bringt Kuchen und Wein, mach auf." „Drück nur auf die Klinke", rief die Großmutter, „ich bin zu schwach und kann nicht aufstehen." Der Wolf drückte auf die Klinke, die Türe sprang auf und er ging, ohne ein Wort zu sprechen, gerade zum Bett der Großmutter und verschluckte sie. Dann tat er ihre Kleider an, setzte ihre Haube auf, legte sich in ihr Bett und zog die Vorhänge vor.

Rotkäppchen aber war nach den Blumen herumgelaufen, und als es so viel zusammen hatte, dass es keine mehr tragen konnte, fiel ihm die Großmutter wieder ein, und es machte sich auf den Weg zu ihr. Es wunderte sich, dass die Türe aufstand, und wie es in die Stube trat, so kam es ihm so seltsam darin vor, dass es dachte: ‚Ei, du mein Gott, wie ängstlich wird mir's der Großmutter!' Es rief: „Guten Morgen", bekam aber keine Antwort. Darauf ging es zum Bett und zog die Vorhänge zurück; da lag die Großmutter und hatte die Haube tief ins Gesicht gesetzt und sah so wunderlich aus. „Ei, Großmutter, was hast du für große Ohren!" „Dass ich dich besser hören kann." „Ei, Großmutter, was hast du für große Augen!" „Dass ich dich besser sehen kann." „Ei, Großmutter, was hast du für große Hände!" „Dass ich dich besser packen kann." „Aber, Großmutter, was hast du für ein entsetzlich großes Maul!" „Dass ich dich besser fressen kann." Kaum hatte der Wolf das gesagt, so tat er einen Satz aus dem Bette und verschlang das arme Rotkäppchen.

Wie der Wolf sein Gelüsten gestillt hatte, legte er sich wieder ins Bett, schlief ein und fing an überlaut zu schnarchen. Der Jäger ging eben an dem Haus vorbei und dachte: ‚Wie die alte Frau schnarcht, du musst doch sehen, ob ihr etwas fehlt.' Da trat er in die Stube, und wie er vor das Bette kam, so sah er, dass der Wolf darin lag. „Finde ich dich hier, du alter Sünder", sagte er, „ich habe dich lange gesucht." Nun wollte er seine Büchse anlegen, da fiel ihm ein, der Wolf könnte die Großmutter gefressen haben und sie wäre noch zu retten: Schoss nicht, sondern nahm eine Schere und fing an, dem schlafenden Wolf den Bauch aufzuschneiden. Wie er ein paar Schnitte getan hatte, da sah er das rote Käppchen leuchten, und noch ein paar Schnitte, da sprang das Mädchen heraus und rief: „Ach wie war ich erschrocken, wie wars so dunkel in dem Wolf seinem Leib!" Und dann kam die alte Großmutter auch noch lebendig heraus und konnte kaum atmen. Rotkäppchen aber holte geschwind große Steine, damit füllten sie dem Wolf den Leib, und wie er aufwachte, wollte er fortspringen, aber die Steine waren so schwer, dass er gleich niedersank und sich totfiel.

Da waren alle drei vergnügt; der Jäger zog dem Wolf den Pelz ab und ging damit heim, die Großmutter aß den Kuchen und trank den Wein, den Rotkäppchen gebracht hatte, und erholte sich wieder, Rotkäppchen aber dachte: ‚Du willst dein Lebtag nicht wieder allein vom Wege ab in den Wald laufen, wenn dir's die Mutter verboten hat.'

DAS BLAUE LICHT

Es war einmal ein Soldat, der hatte dem König lange Jahre treu gedient: Als aber der Krieg zu Ende war und der Soldat, der vielen Wunden wegen, die er empfangen hatte, nicht weiter dienen konnte, sprach der König zu ihm: „Du kannst heimgehen, ich brauche dich nicht mehr: Geld bekommst du weiter nicht, denn Lohn erhält nur der, welcher mir Dienste dafür leistet.“ Da wusste der Soldat nicht, womit er sein Leben fristen sollte, ging voll Sorgen fort und ging den ganzen Tag, bis er abends in einen Wald kam. Als die Finsternis einbrach, sah er ein Licht, dem näherte er sich und kam zu einem Haus, darin wohnte eine Hexe. „Gib mir doch ein Nachtlager und ein wenig Essen und Trinken“, sprach er zu ihr, „ich verschmachte sonst.“ „Oho!“, antwortete sie, „wer gibt einem verlaufenen Soldaten etwas? Doch will ich barmherzig sein und dich aufnehmen, wenn du tust, was ich verlange.“ „Was verlangst du?“, fragte der Soldat. „Dass du mir morgen meinen Garten umgräbst.“ Der Soldat willigte ein und arbeitete den folgenden Tag aus allen Kräften, konnte aber vor Abend nicht fertig werden. „Ich sehe wohl“, sprach die Hexe, „dass du heute nicht weiterkannst: Ich will dich noch eine Nacht behalten, dafür sollst du mir morgen ein Fuder Holz spalten und kleinmachen.“ Der Soldat brauchte dazu den ganzen Tag, und abends machte ihm die Hexe den Vorschlag, noch eine Nacht zu bleiben. „Du sollst mir morgen nur eine geringe Arbeit tun, hinter meinem Hause ist ein alter wasserleerer Brunnen, in den ist mir mein Licht gefallen, es brennt blau und verlischt nicht, das sollst du mir wieder heraufholen.“ Den andern Tag führte ihn die Alte zu dem Brunnen und ließ ihn in einem Korb hinab. Er fand das blaue Licht und machte ein Zeichen, dass sie ihn wieder hinaufziehen sollte. Sie zog ihn auch in die Höhe, als er aber dem Rand nahe war, reichte sie die Hand hinab und wollte ihm das blaue Licht abnehmen. „Nein“, sagte er und merkte ihre bösen Gedanken, „das Licht gebe ich dir nicht eher, als bis ich mit beiden Füßen auf dem Erdboden stehe." Da geriet die Hexe in Wut, ließ ihn wieder hinab in den Brunnen fallen und ging fort.

Der arme Soldat fiel, ohne Schaden zu nehmen, auf den feuchten Boden, und das blaue Licht brannte fort, aber was konnte ihm das helfen? Er sah wohl, dass er dem Tod nicht entgehen würde. Er saß eine Weile ganz traurig, da griff er zufällig in seine Tasche und fand seine Tabakspfeife, die noch halb gestopft war. ‚Das soll mein letztes Vergnügen sein', dachte er, zog sie heraus, zündete sie an dem blauen Licht an und fing an zu rauchen. Als der Dampf in der Höhle umhergezogen war, stand auf einmal ein kleines schwarzes Männchen vor ihm und fragte: „Herr, was befiehlst du?" „Was habe ich dir zu befehlen?", erwiderte der Soldat ganz verwundert. „Ich muss alles tun", sagte das Männchen, „was du verlangst." „Gut", sprach der Soldat, „so hilf mir zuerst aus dem Brunnen." Das Männchen nahm ihn bei der Hand und führte ihn durch einen unterirdischen Gang, vergaß aber nicht, das blaue Licht mitzunehmen. Es zeigte ihm unterwegs die Schätze, welche die Hexe zusammengebracht und da versteckt hatte, und der Soldat nahm so viel Gold, als er tragen konnte. Als er oben war, sprach er zu dem Männchen: „Nun geh hin, bind die alte Hexe und führe sie vor das Gericht." Nicht lange, so kam sie auf einem wilder Kater mit furchtbarem Geschrei schnell wie der Wind vorbeigeritten, und es dauerte abermals nicht lang, so war das Männchen zurück. „Es ist alles ausgerichtet", sprach es, „und die Hexe hängt schon am Galgen. – Herr, was befiehlst du weiter?", fragte der Kleine. „In dem Augenblick nichts", antwortete der Soldat, „du kannst nach Haus gehen: Sei nur gleich bei der Hand, wenn ich dich rufe." „Es ist nichts nötig", sprach das Männchen, „als dass du deine Pfeife an dem blauen Licht anzündest, dann stehe ich gleich vor dir." Darauf verschwand es vor seinen Augen.

Der Soldat kehrte in die Stadt zurück, aus der er gekommen war. Er ging in den besten Gasthof und ließ sich schöne Kleider machen, dann befahl er dem Wirt, ihm ein Zimmer so prächtig als möglich einzurichten. Als es fertig war und der Soldat es bezogen hatte, rief er das schwarze Männchen und sprach: „Ich habe dem König treu gedient, er aber hat mich fortgeschickt und mich hungern lassen, dafür will ich jetzt Rache nehmen.“ „Was soll ich tun?“, fragte der Kleine. „Spätabends, wenn die Königstochter im Bett liegt, so bring sie schlafend hierher, sie soll Mägdedienste bei mir tun.“ Das Männchen sprach: „Für mich ist das ein leichtes, für dich aber ein gefährliches Ding, wenn das herauskommt, wird es dir schlimm ergehen.“ Als es zwölf geschlagen hatte, sprang die Türe auf, und das Männchen trug die Königstochter herein. „Aha, bist du da?“, rief der Soldat, „frisch an die Arbeit! Geh, hol den Besen und kehr die Stube.“ Als sie fertig war, hieß er sie zu seinem Sessel kommen, streckte ihr die Füße entgegen und sprach: „Zieh mir die Stiefel aus“, warf sie ihr dann ins Gesicht und sie musste sie aufheben, reinigen und glänzend machen. Sie tat aber alles, was er ihr befahl, ohne Widerstreben, stumm und mit halb geschlossenen Augen. Bei dem ersten Hahnschrei trug sie das Männchen wieder in das königliche Schloss und in ihr Bett zurück.

Am andern Morgen, als die Königstochter aufgestanden war, ging sie zu ihrem Vater und erzählte ihm, sie hätte einen wunderlichen Traum gehabt: „Ich ward durch die Straßen mit Blitzesschnelle fortgetragen und in das Zimmer eines Soldaten gebracht, dem musste ich als Magd dienen und aufwarten und alle gemeine Arbeit tun, die Stube kehren und die Stiefel putzen. Es war nur ein Traum, und doch bin ich so müde, als wenn ich wirklich alles getan hätte.“ „Der Traum könnte wahr gewesen sein“, sprach der König, „ich will dir einen Rat geben, stecke deine Tasche voll Erbsen und mache ein kleines Loch in die Tasche, wirst du wieder abgeholt, so fallen sie heraus und lassen die Spur auf der Straße.“ Als der König so sprach, stand das Männchen unsichtbar dabei und hörte alles mit an. Nachts, als es die schlafende Königstochter wieder durch die Straßen trug, fielen zwar einzelne Erbsen aus der Tasche, aber sie konnten keine Spur machen, denn das listige Männchen hatte vorher in allen Straßen Erbsen verstreut. Die Königstochter aber musste wieder bis zum Hahnenschrei Mägdedienste tun.

Der König schickte am folgenden Morgen seine Leute aus, welche die Spur suchen sollten, aber es war vergeblich, denn in allen Straßen saßen die armen Kinder und lasen Erbsen auf und sagten: „Es hat heut Nacht Erbsen geregnet.“ „Wir müssen etwas anderes aussinnen“, sprach der König, „behalt deine Schuh' an, wenn du dich zu Bett legst, und ehe du von dort zurückkehrst, verstecke einen davon; ich will ihn schon finden.“ Das schwarze Männchen vernahm den Anschlag, und als der Soldat abends verlangte, er sollte die Königstochter wieder herbeitragen, riet es ihm ab und sagte, gegen diese List wüsste es kein Mittel, und wenn der Schuh bei ihm gefunden würde, so könnte es ihm schlimm ergehen. „Tue, was ich dir sage“, erwiderte der Soldat, und die Königstochter musste auch in der dritten Nacht wie eine Magd arbeiten; sie versteckte aber, ehe sie zurückgetragen wurde, einen Schuh unter das Bett.

Am andern Morgen ließ der König in der ganzen Stadt den Schuh seiner Tochter suchen: Er ward bei dem Soldaten gefunden, und der Soldat selbst, der sich auf Bitten des Kleinen zum Tor hinausgemacht hatte, ward bald eingeholt und ins Gefängnis geworfen. Er hatte sein Bestes bei der Flucht vergessen, das blaue Licht und das Gold, und hatte nur noch einen Dukaten in der Tasche. Als er nun mit Ketten belastet an dem Fenster seines Gefängnisses stand, sah er einen seiner Kameraden vorbeigehen. Er klopfte an die Scheibe, und als er herbeikam, sagte er: „Sei so gut und hol mir das kleine Bündelchen, das ich in dem Gasthaus habe liegen lassen, ich gebe dir dafür einen Dukaten.“ Der Kamerad lief hin und brachte ihm das Verlangte. Sobald der Soldat wieder allein war, steckte er seine Pfeife an und ließ das schwarze Männchen kommen. „Sei ohne Furcht“, sprach es zu seinem Herrn, „geh hin, wo sie dich hinführen, und lass alles geschehen, nimm nur das blaue Licht mit.“ Am andern Tag ward Gericht über den Soldaten gehalten, und obgleich er nichts Böses getan hatte, verurteilte ihn der Richter doch zum Tode. Als er nun hinausgeführt wurde, bat er den König um eine letzte Gnade. „Was für eine?“, fragte der König. „Dass ich auf dem Weg noch eine Pfeife rauchen darf.“ „Du kannst drei rauchen“, antwortete der König, „aber glaube nicht, dass ich dir das Leben schenke.“ Da zog der Soldat seine Pfeife heraus und zündete sie an dem blauen Licht an, und wie ein paar Ringel vom Rauch aufgestiegen waren, so stand schon das Männchen da, hatte einen kleinen Knüppel in der Hand und sprach: „Was befiehlt mein Herr?“ „Schlag mir da die falschen Richter und ihre Häscher zu Boden und verschone auch den König nicht, der mich so schlecht behandelt hat.“ Da fuhr das Männchen wie der Blitz, zick zack, hin und her, und wen es mit seinem Knüppel nur anrührte, der fiel schon zu Boden und getraute sich nicht mehr zu regen. Dem König ward angst, er legte sich auf das Bitten, und um nur das Leben zu behalten, gab er dem Soldaten das Reich und seine Tochter zur Frau.

DER GESTIEFELTE KATER

Ein Müller hatte drei Söhne, seine Mühle, einen Esel und einen Kater; die Söhne mussten mahlen, der Esel Getreide holen und Mehl forttragen und die Katze die Mäuse wegfangen. Als der Müller starb, teilten sich die drei Söhne in die Erbschaft, der älteste bekam die Mühle, der zweite den Esel, der dritte den Kater, weiter blieb nichts für ihn übrig. Da war er traurig und sprach zu sich selbst: „Ich hab es doch am allerschlimmsten gekriegt, mein ältester Bruder kann mahlen, mein zweiter kann auf seinem Esel reiten, was kann ich mit dem Kater anfangen? Lass ich mir ein Paar Pelzhandschuhe aus seinem Fell machen, so ists vorbei." – „Hör", fing der Kater an, der alles verstanden hatte, was er gesagt, „du brauchst mich nicht zu töten um ein Paar schlechte Handschuhe, lass mir nur ein Paar Stiefel machen, dass ich ausgehen und mich unter den Leuten sehen lassen kann, dann soll dir bald geholfen sein." Der Müllerssohn verwunderte sich, dass der Kater so sprach, weil aber eben der Schuster vorbeiging, rief er ihn herein und ließ ihm ein Paar Stiefel anmessen. Als sie fertig waren, zog sie der Kater an, nahm einen Sack, machte den Boden desselben voll Korn, oben aber eine Schnur daran, womit man ihn zuziehen konnte, dann warf er ihn über den Rücken und ging auf zwei Beinen wie ein Mensch zur Tür.

Dazumal regierte ein König in dem Land, der aß die Rebhühner so gern. Es war aber eine Not, dass keine zu kriegen waren. Der ganze Wald war voll, aber sie waren so scheu, dass kein Jäger sie erreichen konnte. Das wusste der Kater und gedachte seine Sache besser zu machen. Als er in den Wald kam, tat er den Sack auf, breitete das Korn auseinander, die Schnur aber legte er ins Gras und leitete sie hinter eine Hecke. Dann versteckte er sich und lauerte. Die Rebhühner kamen bald gelaufen, fanden das Korn und eins nach dem andern hüpfte in den Sack hinein. Als eine gute Anzahl darin war, zog der Kater den Strick zu, lief herzu und drehte ihnen den Hals um; dann ging er geradeswegs nach des Königs Schloss. Die Wache rief: „Halt!

Wohin?“ – „Zu dem König“, antwortete der Kater kurzweg. – „Bist du toll, ein Kater zum König?“ – „Lass ihn nur gehen“, sagte ein anderer, „der König hat doch oft Langeweile, vielleicht macht ihm der Kater mit seinem Brummen und Spinnen Vergnügen.“ Als der Kater vor den König kam, machte er eine Reverenz und sagte: „Mein Herr, der Graf“, dabei nannte er einen langen und vornehmen Namen, „lässt sich dem Herrn König empfehlen und schickt ihm hier Rebhühner, die er eben gefangen hat.“ Der König erstaunte über die schönen fetten Rebhühner, wusste sich vor Freude nicht zu lassen und befahl, dem Kater so viel Gold aus der Schatzkammer in den Sack zu tun, als er tragen könne: „Das bring deinem Herrn und dank ihm für sein Geschenk.“

Der arme Müllerssohn aber saß zu Hause am Fenster, stützte den Kopf auf die Hand und dachte, dass er nun sein Letztes für die Stiefel des Katers weggegeben und was werde ihm der schon Großes dafür bringen können. Da trat der Kater herein, warf den Sack vom Rücken, schnürte ihn auf und schüttete das Gold vor den Müller hin: „Da hast du etwas für die Stiefel, der König lässt dich auch grüßen und dir viel Dank sagen.“ Der Müller war froh über den Reichtum, ohne dass er noch recht begreifen konnte, wie es zugegangen war. Der Kater aber, während er seine Stiefel auszog, erzählte ihm alles, dann sagte er: „Du hast zwar jetzt Geld genug, aber dabei soll es nicht bleiben, morgen zieh ich meine Stiefel wieder an, du sollst noch reicher werden, dem König hab ich auch gesagt, dass du ein Graf bist.“

Am andern Tag ging der Kater, wie er gesagt hatte, wohlgestiefelt wieder auf die Jagd und brachte dem König einen reichen Fang. So ging es alle Tage, und der Kater brachte alle Tage Gold heim und ward so beliebt wie einer bei dem König, dass er aus und ein gehen durfte und im Schloss herumstreichen, wo er wollte. Einmal stand der Kater in der Küche des Königs beim Herd und wärmte sich, da kam der Kutscher und fluchte: „Ich wünsch, der König mit der Prinzessin wär beim Henker! Ich wollt’ ins Wirtshaus gehen und einmal trinken und Karten spielen, da soll ich sie spazieren fahren an den See." Wie der Kater das hörte, schlich er nach Haus und sagte zu seinem Herrn: „Wenn du willst ein Graf und reich werden, so komm mit mir hinaus an den See und bad dich darin."

Der Müller wusste nicht, was er dazu sagen sollte, doch folgte der dem Kater, zog sich splitternackend aus und sprang ins Wasser. Der Kater aber nahm seine Kleider und versteckte sie. Kaum war er damit fertig, da kam der König dahergefahren; der Kater fing sogleich an, erbärmlich zu lamentieren: „Ach! Allergnädigster König! Mein Herr, der hat sich hier im See gebadet, da ist ein Dieb gekommen und hat ihm die Kleider gestohlen, nun ist der Herr Graf im Wasser und kann nicht heraus, und wenn er länger darin bleibt, wird er sich erkälten und sterben." Wie der König das hörte, ließ er Halt machen, und einer von seinen Leuten musste zurückjagen und von des Königs Kleidern holen. Der Herr Graf zog die prächtigsten Kleider an, und weil ihm ohnehin der König wegen der Rebhühner, die er meinte von ihm empfangen zu haben, gewogen war, so musste er sich zu ihm in die Kutsche setzen. Die Prinzessin war auch nicht bös darüber, denn der junge Graf gefiel ihr recht gut.

Der Kater aber war vorausgegangen und zu einer großen Wiese gekommen, wo über hundert Leute waren und Heu machten. „Wem ist die Wiese, ihr Leute?", fragte der Kater. – „Dem großen Zauberer." – „Hört, jetzt wird der König bald vorbeifahren, wenn der fragt, wem die Wiese gehört, so antwortet: ‚Dem Grafen'; und wenn ihr das nicht tut, so werdet ihr alle totgeschlagen." – Darauf ging der Kater weiter und kam an ein Kornfeld, so groß, dass es niemand übersehen konnte, da standen mehr als zweihundert Leute und schnitten das Korn. „Wem ist das Korn, ihr Leute?" – „Dem Zauberer." – „Hört, jetzt wird der König vorbeifahren; wenn er fragt, wem das Korn gehört, so antwortet: ‚Dem Grafen'; und wenn ihr das nicht tut, so werdet ihr alle totgeschlagen." – Endlich kam der Kater an einen prächtigen Wald, da standen mehr als dreihundert Leute, fällten die großen Eichen und machten Holz. „Wem ist der Wald, ihr Leute?" – „Dem Zauberer." – „Hört, jetzt wird der König vorbeifahren; wenn er fragt, wem der Wald gehört, so antwortet: ‚Dem Grafen'; und wenn ihr das nicht tut, so werdet ihr alle umgebracht." Der Kater ging noch weiter, die Leute sahen ihm alle nach, und weil er so wunderlich aussah und wie ein Mensch in Stiefeln daherging, fürchteten sie sich vor ihm. Er kam bald an des Zauberers Schloss, trat kecklich hinein und vor ihn hin. Der Zauberer sah ihn verächtlich an und fragte ihn, was er wolle. Der Kater machte eine Reverenz und sagte: „Ich habe gehört, dass du in jedes Tier nach deinem Gefallen dich verwandeln könntest; was einen Hund, Fuchs oder auch Wolf betrifft, da will ich es wohl glauben, aber von einem Elefant, das scheint mir ganz unmöglich, und deshalb bin ich gekommen, um mich selbst zu überzeugen." Der Zauberer sagte stolz: „Das ist mir eine Kleinigkeit", und war in dem Augenblick in einen Elefant verwandelt. „Das ist viel, aber auch in einen Löwen?" – „Das ist auch nichts", sagte der Zauberer und stand als ein Löwe vor dem Kater. Der Kater stellte sich erschrocken und rief: „Das ist unglaublich und unerhört, dergleichen hätt ich mir nicht im Traume in die Gedanken kommen lassen; aber noch mehr als alles andere wäre es, wenn du dich auch in ein so kleines Tier, wie eine Maus ist, verwandeln könntest, du kannst gewiss mehr als irgendein Zauberer auf der Welt, aber das wird dir doch zu hoch sein." Der Zauberer war ganz freundlich durch die süßen Worte und sagte: „O ja, liebes Kätzchen, das kann ich auch", und sprang als eine Maus im Zimmer herum. Der Kater war hinter ihr her, fing die Maus und fraß sie auf.

Der König aber war mit dem Grafen und der Prinzessin weiter spazieren gefahren und kam zu der großen Wiese. „Wem gehört das Heu?", fragte der König. – „Dem Herrn Grafen", riefen alle, wie der Kater ihnen befohlen hatte. – „Ihr habt da ein schön Stück Land, Herr Graf", sagte er. Darnach kamen sie an das große Kornfeld. „Wem gehört das Korn, ihr Leute?" – „Dem Herrn Grafen." – „Ei! Herr Graf! Große, schöne Ländereien!" – Darauf zu dem Wald: „Wem gehört das Holz, ihr Leute?" – „Dem Herrn Grafen." – Der König verwunderte sich noch mehr und sagte:

„Ihr müsst ein reicher Mann sein, Herr Graf, ich habe keinen so prächtigen Wald." Endlich kamen sie an das Schloss, der Kater stand oben an der Treppe, und als der Wagen unten hielt, sprang er herab, machte die Tür auf und sagte: „Herr König, Ihr gelangt hier in das Schloss meines Herrn, des Grafen, den diese Ehre für sein Lebtag glücklich machen wird." Der König stieg aus und verwunderte sich über das prächtige Gebäude, das fast größer und schöner war als sein Schloss; der Graf aber führte die Prinzessin hinauf in den Saal.

Da ward die Prinzessin mit dem Grafen versprochen, und als der König starb, ward er König, der gestiefelte Kater aber sein erster Minister.

DIE BREMER STADTMUSIKANTEN

Es hatte ein Mann einen Esel, der schon lange Jahre die Säcke unverdrossen zur Mühle getragen hatte, dessen Kräfte aber nun zu Ende gingen, sodass er zur Arbeit immer untauglicher ward. Da dachte der Herr daran, ihn aus dem Futter zu schaffen; aber der Esel merkte, dass kein guter Wind wehte, lief fort und machte sich auf den Weg nach Bremen: Dort, meinte er, könnte er ja Stadtmusikant werden. Als er ein Weilchen fortgegangen war, fand er einen Jagdhund auf dem Wege liegen, der jappte wie einer, der sich müde gelaufen hat. „Nun, was jappst du so, Packan?“, fragte der Esel. „Ach“, sagte der Hund, „weil ich alt bin und jeden Tag schwächer werde, auch auf der Jagd nicht mehr fortkann, hat mich mein Herr wollen totschlagen, da hab ich Reißaus genommen; aber womit soll ich nun mein Brot verdienen?“ „Weißt du was“, sprach der Esel, „ich gehe nach Bremen und werde dort Stadtmusikant, geh mit und lass dich auch bei der Musik annehmen. Ich spiele die Laute, und du schlägst die Pauken.“ Der Hund wars zufrieden und sie gingen weiter. Es dauerte nicht lange, so saß da eine Katze an dem Weg und machte ein Gesicht wie drei Tage Regenwetter. „Nun, was ist dir in die Quere gekommen, alter Bartputzer?“, sprach der Esel. „Wer kann da lustig sein, wenns einem an den Kragen geht“, antwortete die Katze, „weil ich nun zu Jahren komme, meine Zähne stumpf werden und ich lieber hinter dem Ofen sitze und spinne, als nach Mäusen herumjage, hat mich meine Frau ersäufen wollen; ich habe mich zwar noch fortgemacht, aber nun ist guter Rat teuer. Wo soll ich hin?“ „Geh mit uns nach Bremen, du verstehst dich doch auf die Nachtmusik, da kannst du ein Stadtmusikant werden.“ Die Katze hielt das für gut und ging mit. Darauf kamen die drei Landesflüchtigen an einem Hof vorbei, da saß auf dem Tor der Haushahn und schrie aus Leibeskräften. „Du schreist einem durch Mark und Bein“, sprach der Esel, „was hast du vor?“ „Da hab ich gut Wetter prophezeit“, sprach der Hahn, „weil unserer lieben Frauen Tag ist, wo sie dem Christkindlein die Hemdchen gewaschen hat und sie trocknen will; aber weil morgen zum Sonntag Gäste kommen, so hat die Hausfrau doch kein Erbarmen, und hat der Köchin gesagt, sie wollte mich morgen in der Suppe essen, und da soll ich mir heute Abend den Kopf abschneiden lassen. Nun schrei ich aus vollem Hals, solang ich noch kann." „Ei was, du Rotkopf", sagte der Esel, „zieh lieber mit uns fort, wir gehen nach Bremen, etwas Besseres als den Tod findest du überall; du hast eine gute Stimme, und wenn wir zusammen musizieren, so muss es eine Art haben." Der Hahn ließ sich den Vorschlag gefallen und sie gingen alle viere zusammen fort.

Sie konnten aber die Stadt Bremen in einem Tag nicht erreichen und kamen abends in einen Wald, wo sie übernachten wollten. Der Esel und der Hund legten sich unter einen großen Baum, die Katze und der Hahn machten sich in die Äste, der Hahn aber flog bis in die Spitze, wo es am sichersten für ihn war. Ehe er einschlief, sah er sich noch einmal nach allen vier Winden um, da deuchte ihn, er sähe in der Ferne ein Fünkchen brennen, und rief seinen Gesellen zu, es müsste nicht gar weit ein Haus sein, denn es scheine ein Licht. Sprach der Esel: „So müssen wir uns aufmachen und noch hingehen, denn hier ist die Herberge schlecht." Der Hund meinte, ein paar Knochen und etwas Fleisch dran täten ihm auch gut. Also machten sie sich auf den Weg nach der Gegend, wo das Licht war, und sahen es bald heller schimmern, und es ward immer größer, bis sie vor ein hell erleuchtetes Räuberhaus kamen. Der Esel, als der Größte, näherte sich dem Fenster und schaute hinein. „Was siehst du, Grauschimmel?", fragte der Hahn. „Was ich sehe?", antwortete der Esel, „einen gedeckten Tisch mit schönem Essen und Trinken, und Räuber sitzen daran und lassens sich wohl sein." „Das wäre was für uns", sprach der Hahn. „Ja, ja, ach, wären wir da!", sagte der Esel. Da ratschlagten die Tiere, wie sie es anfangen müssten, um die Räuber hinauszujagen, und fanden endlich ein Mittel. Der Esel musste sich mit den Vorderfüßen auf das Fenster stellen, der Hund auf des Esels Rücken springen, die Katze auf den

Hund klettern, und endlich flog der Hahn hinauf und setzte sich der Katze auf den Kopf. Wie das geschehen war, fingen sie auf ein Zeichen insgesamt an, ihre Musik zu machen: Der Esel schrie, der Hund bellte, die Katze miaute, und der Hahn krähte; dann stürzten sie durch das Fenster in die Stube hinein, dass die Scheiben klirrten. Die Räuber fuhren bei dem entsetzlichen Geschrei in die Höhe, meinten nicht anders, als ein Gespenst käme herein, und flohen in größter Furcht in den Wald hinaus. Nun setzten sich die vier Gesellen an den Tisch, nahmen mit dem vorlieb, was übrig geblieben war, und aßen, als wenn sie vier Wochen hungern sollten.

Wie die vier Spielleute fertig waren, löschten sie das Licht aus und suchten sich eine Schlafstätte, jeder nach seiner Natur und Bequemlichkeit. Der Esel legte sich auf den Mist, der Hund hinter die Türe, die Katze auf den Herd an die warme Asche, und der Hahn setzte sich auf den Hahnenbalken, und weil sie müde waren von ihrem langen Weg, schliefen sie auch bald ein.

Als Mitternacht vorbei war und die Räuber von Weitem sahen, dass kein Licht mehr im Haus brannte, auch alles ruhig schien, sprach der Hauptmann: „Wir hätten uns doch nicht sollen ins Bockshorn jagen lassen", und hieß einen hingehen und das Haus untersuchen. Der Abgeschickte fand alles still, ging in die Küche, ein Licht anzuzünden, und weil er die glühenden, feurigen Augen der Katze für lebendige Kohlen ansah, hielt er ein Schwefelhölzchen daran, dass es Feuer fangen sollte. Aber die Katze verstand keinen Spaß, sprang ihm ins Gesicht, spie und kratzte. Da erschrak er gewaltig, lief und wollte zur Hintertüre hinaus, aber der Hund, der da lag, sprang auf und biss ihn ins Bein: Und als er über den Hof an dem Miste vorbeirannte, gab ihm der Esel noch einen tüchtigen Schlag mit dem Hinterfuß; der Hahn aber, der vom Lärmen aus dem Schlaf geweckt und munter geworden war, rief vom Balken herab: „Kikeriki!"

Da lief der Räuber, was er konnte, zu seinem Hauptmann zurück und sprach: „Ach, in dem Haus sitzt eine gräuliche Hexe, die hat mich angehaucht und mit ihren langen Fingern mir das Gesicht zerkratzt; und vor der Türe steht ein Mann mit einem Messer, der hat mich ins Bein gestochen; und auf dem Hof liegt ein schwarzes Ungetüm, das hat mit einer Holzkeule auf mich losgeschlagen; und oben auf dem Dache, da sitzt der Richter, der rief ‚Bringt mir den Schelm her.' Da machte ich, dass ich fortkam." Von nun an getrauten sich die Räuber nicht weiter in das Haus, den vier Bremer Musikanten gefiels aber so wohl darin, dass sie nicht wieder herauswollten. Und der das zuletzt erzählt hat, dem ist der Mund noch warm.

DAUMESDICK

Es war ein armer Bauersmann, der saß abends beim Herd und schürte das Feuer, und die Frau saß und spann. Da sprach er: „Wie ists so traurig, dass wir keine Kinder haben! Es ist so still bei uns, und in den andern Häusern ists so laut und lustig.“ „Ja“, antwortete die Frau und seufzte, „wenns nur ein einziges wäre, und wenns auch ganz klein wäre, nur Daumens groß, so wollte ich schon zufrieden sein; wir hättens doch von Herzen lieb.“ Nun geschah es, dass die Frau kränklich ward und nach sieben Monaten ein Kind gebar, das zwar an allen Gliedern vollkommen, aber nicht länger als ein Daumen war. Da sprachen sie: „Es ist, wie wir es gewünscht haben, und es soll unser liebes Kind sein“, und nannten es nach seiner Gestalt Daumesdick. Sie ließens nicht an Nahrung fehlen, aber das Kind ward nicht größer, sondern blieb, wie es in der ersten Stunde gewesen war; doch schaute es verständig aus den Augen und zeigte sich bald als ein kluges und behändes Ding, dem alles glückte, was es anfing.

Der Bauer machte sich eines Tages fertig, in den Wald zu gehen und Holz zu fällen, da sprach er so vor sich hin: „Nun wollt ich, dass einer da wäre, der mir den Wagen nachbrächte.“ „O Vater“, rief Daumesdick, „den Wagen will ich schon bringen, verlasst Euch drauf, er soll zur bestimmten Zeit im Walde sein.“ Da lachte der Mann und sprach: „Wie sollte das zugehen, du bist viel zu klein, um das Pferd mit dem Zügel zu leiten.“ „Das tut nichts, Vater, wenn nur die Mutter anspannen will, ich setze mich dem Pferd ins Ohr und rufe ihm zu, wie es gehen soll.“ „Nun“, antwortete der Vater, „einmal wollen wirs versuchen.“ Als die Stunde kam, spannte die Mutter an und setzte Daumesdick ins Ohr des Pferdes, und dann rief der Kleine, wie das Pferd gehen sollte, „jüh und joh! hott und har!“ Da ging es ganz ordentlich als wie bei einem Meister, und der Wagen fuhr den rechten Weg nach dem Walde. Es trug sich zu, als er eben um eine Ecke bog und der Kleine „har, har!“ rief, dass zwei fremde Männer daherkamen. „Mein“, sprach der eine, „was ist das? Da fährt ein Wagen, und ein Fuhrmann ruft dem Pferde zu und ist doch nicht zu sehen.“ „Das geht nicht mit rechten Dingen zu“, sagte der andere, „wir wollen dem Karren folgen und sehen, wo er anhält.“ Der Wagen aber fuhr vollends in den Wald hinein und richtig zu dem Platze, wo das Holz gehauen ward. Als Daumesdick seinen Vater erblickte, rief er ihm zu: „Siehst du, Vater, da bin ich mit dem Wagen, nun hol mich runter.“ Der Vater fasste das Pferd mit der Linken und holte mit der Rechten sein Söhnlein aus dem Ohr, das sich ganz lustig auf einen Strohhalm niedersetzte.

Als die beiden fremden Männer den Daumesdick erblickten, wussten sie nicht, was sie vor Verwunderung sagen sollten. Da nahm der eine den andern beiseit und sprach: „Hör, der kleine Kerl könnte unser Glück machen, wenn wir ihn in einer großen Stadt für Geld sehen ließen. Wir wollen ihn kaufen.“ Sie gingen zu dem Bauer und sprachen: „Verkauft uns den kleinen Mann, er solls gut bei uns haben.“ „Nein“, antwortete der Vater, „es ist mein Herzblatt und ist mir für alles Gold in der Welt nicht feil!“ Daumesdick aber, als er von dem Handel gehört, war an den Rockfalten seines Vaters hinaufgekrochen, stellte sich ihm auf die Schulter und wisperte ihm ins Ohr: „Vater, gib mich nur hin, ich will schon wieder zurückkommen.“ Da gab ihn der Vater für ein schönes Stück Geld den beiden Männern hin. „Wo willst du sitzen?“, sprachen sie zu ihm. „Ach, setzt mich nur auf den Rand von eurem Hut, da kann ich auf und ab spazieren und die Gegend betrachten und falle doch nicht herunter.“ Sie taten ihm den Willen, und als Daumesdick Abschied von seinem Vater genommen hatte, machten sie sich mit ihm fort. So gingen sie, bis es dämmrig ward, da sprach der Kleine: „Hebt mich einmal herunter, es ist nötig.“ „Bleib nur droben“, sprach der Mann, auf dessen Kopf er saß, „ich will mir nichts draus machen, die Vögel lassen mir auch manchmal was drauf fallen.“ „Nein“, sprach Daumesdick, „ich weiß auch, was sich schickt: Hebt mich nur geschwind herab.“ Der Mann nahm den Hut ab und setzte den Kleinen auf einen Acker am Weg, da sprang und kroch er ein wenig zwischen den Schollen hin und her, dann schlüpfte er plötzlich in ein Mausloch, das er sich ausgesucht hatte. „Guten Abend, ihr Herren, geht nur ohne mich heim", rief er ihnen zu und lachte sie aus. Sie liefen herbei und stachen mit Stöcken in das Mausloch, aber das war vergebliche Mühe: Daumesdick kroch immer weiter zurück, und da es bald ganz dunkel ward, so mussten sie mit Ärger und mit leerem Beutel wieder heimwandern.

Als Daumesdick merkte, dass sie fort waren, kroch er aus dem unterirdischen Gang wieder hervor. „Es ist auf dem Acker in der Finsternis so gefährlich gehen", sprach er, „wie leicht bricht einer Hals und Bein." Zum Glück stieß er an ein leeres Schneckenhaus. „Gottlob", sagte er, „da kann ich die Nacht sicher zubringen", und setzte sich hinein. Nicht lang, als er eben einschlafen wollte, so hörte er zwei Männer vorübergehen, davon sprach der eine: „Wie wir's nur anfangen, um dem reichen Pfarrer sein Geld und sein Silber zu holen?" „Das könnt ich dir sagen", rief Daumesdick dazwischen. „Was war das?", sprach der eine Dieb erschrocken, „ich hörte jemand sprechen." Sie blieben stehen und horchten, da sprach Daumesdick wieder: „Nehmt mich mit, so will ich euch helfen." „Wo bist du denn?" „Sucht nur auf der Erde und merkt, wo die Stimme herkommt", antwortete er. Da fanden ihn endlich die Diebe und hoben ihn in die Höhe. „Du kleiner Wicht, was willst du uns helfen!", sprachen sie. „Seht", antwortete er, „ich krieche zwischen den Eisenstäben in die Kammer des Pfarrers und reiche euch heraus, was ihr haben wollt." „Wohlan", sagten sie, „wir wollen sehen, was du kannst." Als sie zu dem Pfarrhaus kamen, kroch Daumesdick in die Kammer, schrie aber gleich aus Leibeskräften: „Wollt ihr alles haben, was hier ist?" Die Diebe erschraken und sagten: „So sprich doch leise, damit niemand aufwacht." Aber Daumesdick tat, als hätte er sie nicht verstanden, und schrie von Neuem: „Was wollt ihr? Wollt ihr alles haben, was hier ist?" Das hörte die Köchin, die in der Stube nebenan schlief, richtete sich im Bett auf und horchte. Die

Diebe aber waren vor Schrecken ein Stück Wegs zurückgelaufen, endlich fassten sie wieder Mut und dachten: ‚Der kleine Kerl will uns necken.' Sie kamen zurück und flüsterten ihm zu: „Nun mach Ernst und reich uns etwas heraus." Da schrie Daumesdick noch einmal, so laut er konnte: „Ich will euch ja alles geben, reicht nur die Hände herein." Das hörte die horchende Magd ganz deutlich, sprang aus dem Bett und stolperte zur Tür herein. Die Diebe liefen fort und rannten, als wäre der wilde Jäger hinter ihnen; die Magd aber, als sie nichts bemerken konnte, ging ein Licht anzünden. Wie sie damit herbeikam, machte sich Daumesdick, ohne dass er gesehen wurde, hinaus in die Scheune. Die Magd aber, nachdem sie alle Winkel durchgesucht und nichts gefunden hatte, legte sich endlich wieder zu Bett und glaubte, sie hätte mit offenen Augen und Ohren doch nur geträumt.

Daumesdick war in den Heuhälmchen herumgeklettert und hatte einen schönen Platz zum Schlafen gefunden, da wollte er sich ausruhen, bis es Tag wäre, und dann zu seinen Eltern wieder heimgehen. Aber er musste andere Dinge erfahren! Ja, es gibt viel Trübsal und Not auf der Welt! Die Magd stieg, als der Tag graute, schon aus dem Bett, um das Vieh zu füttern. Ihr erster Gang war in die Scheune, wo sie einen Arm voll Heu packte, und gerade dasjenige, worin der arme Daumesdick lag und schlief. Er schlief aber so fest, dass er nichts gewahr ward und nicht eher aufwachte, als bis er in dem Maul der Kuh war, die ihn mit dem Heu aufgerafft hatte. „Ach Gott", rief er, „wie bin ich in die Walkmühle geraten!", merkte aber bald, wo er war. Da hieß es aufpassen, dass er nicht zwischen die Zähne kam und zermalmt ward, und hernach musste er doch mit in den Magen hinabrutschen. „In dem Stübchen sind die Fenster vergessen", sprach er, „und scheint keine Sonne hinein, ein Licht wird auch nicht gebracht." Überhaupt gefiel ihm das Quartier schlecht, und was das Schlimmste war, es kam immer mehr neues Heu zur Türe hinein, und der Platz ward immer enger. Da rief er endlich in der Angst, so laut er konnte: „Bringt mir kein frisch Futter mehr, bringt mir kein frisch Futter mehr.“ Die Magd melkte gerade die Kuh, und als sie sprechen hörte, ohne jemand zu sehen, und es dieselbe Stimme war, die sie auch in der Nacht gehört hatte, erschrak sie so, dass sie von ihrem Stühlchen herabglitschte und die Milch verschüttete. Sie lief in der größten Hast zu ihrem Herrn und rief: „Ach Gott, Herr Pfarrer, die Kuh hat geredet.“ „Du bist verrückt“, antwortete der Pfarrer, ging aber doch selbst in den Stall und wollte nachsehen, was es da gäbe. Kaum aber hatte er den Fuß hineingesetzt, so rief Daumesdick aufs Neue: „Bringt mir kein frisch Futter mehr, bringt mir kein frisch Futter mehr.“ Da erschrak der Pfarrer selbst, meinte, es wäre ein böser Geist in die Kuh gefahren, und hieß sie töten. Sie ward geschlachtet, der Magen aber, worin Daumesdick steckte, auf den Mist geworfen. Daumesdick hatte große Mühe, sich hindurchzuarbeiten, doch brachte er's so weit, dass er Platz bekam, aber als er eben sein Haupt herausstrecken wollte, kam ein neues Unglück. Ein hungriger Wolf lief heran und verschlang den ganzen Magen mit einem Schluck. Daumesdick verlor den Mut nicht. ‚Vielleicht‘, dachte er, ‚lässt der Wolf mit sich reden‘, und rief ihm aus dem Wanste zu: „Lieber Wolf, ich weiß dir einen herrlichen Fraß.“ „Wo ist der zu holen?“, sprach der Wolf. „In dem und dem Haus, da musst du durch die Gosse hineinkriechen und wirst Kuchen, Speck und Wurst finden, so viel du essen willst“, und beschrieb ihm genau seines Vaters Haus. Der Wolf ließ sich das nicht zweimal sagen, drängte sich in der Nacht zur Gosse hinein und fraß in der Vorratskammer nach Herzenslust. Als er sich gesättigt hatte, wollte er wieder fort, aber er war so dick geworden, dass er denselben Weg nicht wieder hinauskonnte.

Darauf hatte Daumesdick gerechnet und fing nun an, in dem Leib des Wolfes einen gewaltigen Lärmen zu machen, tobte und schrie, was er konnte. „Willst du stille sein“, sprach der Wolf, „du weckst die Leute auf.“ „Ei was“, antwortete der Kleine, „du hast dich satt gefressen, ich will mich auch lustig machen“, und fing von Neuem an, aus allen Kräften zu schreien. Davon erwachten endlich sein Vater und seine Mutter, liefen an die Kammer und schauten durch die Spalte hinein. Wie sie sahen, dass ein Wolf darin hauste, liefen sie davon, und der Mann holte eine Axt und die Frau die Sense. „Bleib dahinten“, sprach der Mann, als sie in die Kammer traten, „wenn ich ihm einen Schlag gegeben habe und er davon noch nicht tot ist, so musst du auf ihn einhauen und ihm den Leib zerschneiden.“ Da hörte Daumesdick die Stimme seines Vaters und rief: „Lieber Vater, ich bin hier, ich stecke im Leibe des Wolfs.“ Sprach der Vater voll Freuden: „Gottlob, unser liebes Kind hat sich wiedergefunden“, und hieß die Frau die Sense wegtun, damit Daumesdick nicht beschädigt würde. Danach holte er aus und schlug dem Wolf einen Schlag auf den Kopf, dass er tot niederstürzte, dann suchten sie Messer und Schere, schnitten ihm den Leib auf und zogen den Kleinen wieder hervor. „Ach“, sprach der Vater, „was haben wir für Sorge um dich ausgestanden!“ „Ja, Vater, ich bin viel in der Welt herumgekommen; gottlob, dass ich wieder frische Luft schöpfe!“ „Wo bist du denn all gewesen?“ „Ach, Vater, ich war in einem Mauseloch, in einer Kuh Bauch und in eines Wolfes Wanst: Nun bleib ich bei euch.“ „Und wir verkaufen dich um alle Reichtümer der Welt nicht wieder“, sprachen die Eltern, herzten und küssten ihren lieben Daumesdick. Sie gaben ihm zu essen und trinken und ließen ihm neue Kleider machen, denn die seinigen waren ihm auf der Reise verdorben.

DORNRÖSCHEN

Vorzeiten waren ein König und eine Königin, die sprachen jeden Tag: „Ach, wenn wir doch ein Kind hätten!“, und kriegten immer keins. Da trug sich zu, als die Königin einmal im Bade saß, dass ein Frosch aus dem Wasser ans Land kroch und zu ihr sprach: „Dein Wunsch wird erfüllt werden. Ehe ein Jahr vergeht, wirst du eine Tochter zur Welt bringen.“ Was der Frosch gesagt hatte, das geschah und die Königin gebar ein Mädchen, das war so schön, dass der König vor Freude sich nicht zu lassen wusste und ein großes Fest anstellte. Er lud nicht bloß seine Verwandten, Freunde und Bekannten, sondern auch die weisen Frauen dazu ein, damit sie dem Kind hold und gewogen wären. Es waren ihrer dreizehn in seinem Reiche, weil er aber nur zwölf goldene Teller hatte, von welchen sie essen sollten, so musste eine von ihnen daheimbleiben. Das Fest ward mit aller Pracht gefeiert, und als es zu Ende war, beschenkten die weisen Frauen das Kind mit ihren Wundergaben: die eine mit Tugend, die andere mit Schönheit, die dritte mit Reichtum, und so mit allem, was auf der Welt zu wünschen ist. Als elfe ihre Sprüche eben getan hatten, trat plötzlich die dreizehnte herein. Sie wollte sich dafür rächen, dass sie nicht eingeladen war, und ohne jemand zu grüßen oder nur anzusehen, rief sie mit lauter Stimme: „Die Königstochter soll sich in ihrem fünfzehnten Jahr an einer Spindel stechen und tot hinfallen.“ Und ohne ein Wort weiter zu sprechen, kehrte sie sich um und verließ den Saal. Alle waren erschrocken, da trat die zwölfte hervor, die ihren Wunsch noch übrig hatte, und weil sie den bösen Spruch nicht aufheben, sondern nur ihn mildern konnte, so sagte sie: „Es soll aber kein Tod sein, sondern ein hundertjähriger tiefer Schlaf, in welchen die Königstochter fällt.“

Der König, der sein liebes Kind vor dem Unglück gern bewahren wollte, ließ den Befehl ausgehen, dass alle Spindeln im ganzen Königreiche sollten verbrannt werden. An dem Mädchen aber wurden die Gaben der weisen Frauen sämtlich erfüllt, denn es war so schön, sittsam, freundlich und verständig, dass es jedermann, der es ansah, lieb haben musste. Es geschah, dass an dem Tage, wo es gerade fünfzehn Jahr' alt ward, der König und die Königin nicht zu Haus waren und das Mädchen ganz allein im Schloss zurückblieb. Da ging es allerorten herum, besah Stuben und Kammern, wie es Lust hatte, und kam endlich auch an einen alten Turm. Es stieg die enge Wendeltreppe hinauf und gelangte zu einer kleinen Türe. In dem Schloss steckte ein verrosteter Schlüssel, und als es umdrehte, sprang die Türe auf und saß da in einem kleinen Stübchen eine alte Frau mit einer Spindel und spann emsig ihren Flachs. „Guten Tag, du altes Mütterchen", sprach die Königstochter, „was machst du da?" „Ich spinne", sagte die Alte und nickte mit dem Kopf. „Was ist das für ein Ding, das so lustig herumspringt?", sprach das Mädchen, nahm die Spindel und wollte auch spinnen. Kaum hatte sie aber die Spindel angerührt, so ging der Zauberspruch in Erfüllung und sie stach sich damit in den Finger. In dem Augenblick aber, wo sie den Stich empfand, fiel sie auf das Bett nieder, das da stand, und lag in einem tiefen Schlaf. Und dieser Schlaf verbreitete sich über das ganze Schloss: Der König und die Königin, die eben heimgekommen waren und in den Saal getreten waren, fingen an einzuschlafen und der ganze Hofstaat mit ihnen. Da schliefen auch die Pferde im Stall, die Hunde im Hofe, die Tauben auf dem Dache, die Fliegen an der Wand, ja, das Feuer, das auf dem Herde flackerte, ward still und schlief ein, und der Braten hörte auf zu brutzeln, und der Koch, der den Küchenjungen, weil er etwas versehen hatte, an den Haaren ziehen wollte, ließ ihn los und schlief. Und der Wind legte sich, und auf den Bäumen vor dem Schloss regte sich kein Blättchen mehr.

Rings um das Schloss aber begann eine Dornenhecke zu wachsen, die jedes Jahr höher ward und endlich das ganze Schloss umzog und darüber hinauswuchs, dass gar nichts mehr davon zu sehen war, selbst nicht die Fahne auf dem Dach. Es ging aber die Sage in dem Land von dem schönen schlafenden Dornröschen, denn so ward die Königstochter genannt, also dass von Zeit zu Zeit Königssöhne kamen und durch die Hecke in das Schloss dringen wollten. Es war ihnen aber nicht möglich, denn die Dornen, als hätten sie Hände, hielten fest zusammen und die Jünglinge blieben darin hängen, konnten sich nicht wieder losmachen und starben eines jämmerlichen Todes. Nach langen Jahren kam wieder einmal ein Königssohn in das Land und hörte, wie ein alter Mann von der Dornenhecke erzählte, es sollte ein Schloss dahinterstehen, in welchem eine wunderschöne Königstochter, Dornröschen genannt, schon seit hundert Jahren schliefe, und mit ihr schliefen der König und die Königin und der ganze Hofstaat. Er wusste auch von seinem Großvater, dass schon viele Königssöhne gekommen wären und versucht hätten, durch die Dornenhecke zu dringen, aber sie wären darin hängen geblieben und eines traurigen Todes gestorben. Da sprach der Jüngling: „Ich fürchte mich nicht, ich will hinaus und das schöne Dornröschen sehen." Der gute Alte mochte ihm abraten, wie er wollte, er hörte nicht auf seine Worte.

Nun waren aber gerade die hundert Jahre verflossen und der Tag war gekommen, wo Dornröschen wieder erwachen sollte. Als der Königssohn sich der Dornenhecke näherte, waren es lauter große schöne Blumen, die taten sich von selbst auseinander und ließen ihn unbeschädigt hindurch, und hinter ihm taten sie sich wieder als eine Hecke zusammen. Im Schlosshof sah er die Pferde und scheckigen Jagdhunde liegen und schlafen, auf dem Dache saßen die Tauben und hatten das Köpfchen unter den Flügel gesteckt. Und als er ins Haus kam, schliefen die Fliegen an der Wand, der Koch in der Küche hielt noch die Hand, als wollte er den Jungen anpacken, und die Magd saß vor dem schwarzen Huhn, das sollte gerupft werden. Da ging er weiter und sah im Saale den ganzen Hofstaat liegen und schlafen, und oben bei dem Throne lagen der König und die Königin. Da ging er noch weiter, und alles war so still, dass einer seinen Atem hören konnte, und endlich kam er zu dem Turm und öffnete die Türe zu der kleinen Stube, in welcher Dornröschen schlief. Da lag es und war so schön, dass er die Augen nicht abwenden konnte, und er bückte sich und gab ihm einen Kuss. Wie er es mit dem Kuss berührt hatte, schlug Dornröschen die Augen auf, erwachte und blickte ihn ganz freundlich an. Da gingen sie zusammen herab, und der König erwachte und die Königin und der ganze Hofstaat, und sahen einander mit großen Augen an. Und die Pferde im Hof standen auf und rüttelten sich, die Jagdhunde sprangen und wedelten, die Tauben auf dem Dache zogen das Köpfchen unterm Flügel hervor, sahen umher und flogen ins Feld, die Fliegen an den Wänden krochen weiter, das Feuer in der Küche erhob sich, flackerte und kochte das Essen, der Braten fing wieder an zu brutzeln und der Koch gab dem Jungen eine Ohrfeige, dass er schrie, und die Magd rupfte das Huhn fertig. Und da wurde die Hochzeit des Königssohns mit dem Dornröschen in aller Pracht gefeiert und sie lebten vergnügt bis an ihr Ende.

KÖNIG DROSSELBART

Ein König hatte eine Tochter, die war über alle Maßen schön, aber dabei so stolz und übermütig, dass ihr kein Freier gut genug war. Sie wies einen nach dem andern ab und trieb noch dazu Spott mit ihnen. Einmal ließ der König ein großes Fest anstellen und lud dazu aus der Nähe und Ferne die heiratslustigen Männer ein. Sie wurden alle in eine Reihe nach Rang und Stand geordnet; erst kamen die Könige, dann die Herzöge, die Fürsten, Grafen und Freiherrn, zuletzt die Edelleute. Nun ward die Königstochter durch die Reihen geführt, aber an jedem hatte sie etwas auszusetzen. Der eine war ihr zu dick, „das Weinfass!", sprach sie. Der andere zu lang, „lang und schwank hat keinen Gang." Der dritte zu kurz, „kurz und dick hat kein Geschick." Der vierte zu blass, „der bleiche Tod!", der fünfte zu rot, „der Zinshahn!", der sechste war nicht gerad genug, „grünes Holz, hinterm Ofen getrocknet!" Und so hatte sie an einem jeden etwas auszusetzen, besonders aber machte sie sich über einen guten König lustig, der ganz oben stand und dem das Kinn ein wenig krumm gewachsen war. „Ei", rief sie und lachte, „der hat ein Kinn, wie die Drossel einen Schnabel"; und seit der Zeit bekam er den Namen Drosselbart. Der alte König aber, als er sah, dass seine Tochter nichts tat, als über die Leute spotten, und alle Freier, die da versammelt waren, verschmähte, ward er zornig und schwur, sie sollte den ersten besten Bettler zum Manne nehmen, der vor seine Türe käme.

Ein paar Tage darauf hub ein Spielmann an unter dem Fenster zu singen, um damit ein geringes Almosen zu verdienen. Als es der König hörte, sprach er: „Lasst ihn heraufkommen." Da trat der Spielmann in seinen schmutzigen verlumpten Kleidern herein, sang vor dem König und seiner Tochter, und bat, als er fertig war, um eine milde Gabe. Der König sprach: „Dein Gesang hat mir so wohl gefallen, dass ich dir meine Tochter da zur Frau geben will." Die Königstochter erschrak, aber der König sagte: „Ich habe den Eid getan, dich dem ersten besten Bettelmann zu geben, den will ich auch halten.“ Es half keine Einrede, der Pfarrer ward geholt und sie musste sich gleich mit dem Spielmann trauen lassen. Als das geschehen war, sprach der König: „Nun schickt sich's nicht, dass du als ein Bettelweib noch länger in meinem Schloss bleibst, du kannst nur mit deinem Manne fortziehen.“

Der Bettelmann führte sie an der Hand hinaus, und sie musste mit ihm zu Fuß fortgehen. Als sie in einen großen Wald kamen, da fragte sie:

„Ach, wem gehört der schöne Wald?“ –
„Der gehört dem König Drosselbart;
hättst du'n genommen, so wär er dein.“ –
„Ich arme Jungfer zart,
ach, hätt ich genommen den König Drosselbart!“

Darauf kamen sie über eine Wiese, da fragte sie wieder:

„Wem gehört die schöne grüne Wiese?“ –
„Sie gehört dem König Drosselbart;
hättst du'n genommen, so wär sie dein.“ –
„Ich arme Jungfer zart,
ach, hätt ich genommen den König Drosselbart!“

Dann kamen sie durch eine große Stadt, da fragte sie wieder:

„Wem gehört diese schöne große Stadt?“ –
„Sie gehört dem König Drosselbart;
hättst du'n genommen, so wär sie dein.“ –
„Ich arme Jungfer zart,
ach, hätt ich genommen den König Drosselbart!“

„Es gefällt mir gar nicht“, sprach der Spielmann, „dass du dir immer einen andern zum Mann wünschest. Bin ich dir nicht gut genug?“ Endlich kamen sie an ein ganz kleines Häuschen, da sprach sie:

„Ach, Gott, was ist das Haus so klein!
wem mag das elende winzige Häuschen sein?“

Der Spielmann antwortete: „Das ist mein und dein Haus, wo wir zusammen wohnen.“ Sie musste sich bücken, damit sie zu der niedrigen Tür hineinkam. „Wo sind die Diener?“, sprach die Königstochter. „Was Diener!“, antwortete der Bettelmann, „du musst selber tun, was du willst getan haben. Mach nur gleich Feuer an und stell Wasser auf, dass du mir mein Essen kochst; ich bin ganz müde.“ Die Königstochter verstand aber nichts vom Feueranmachen und Kochen und der Bettelmann musste selber mit Hand anlegen, dass es noch so leidlich ging. Als sie die schmale Kost verzehrt hatten, legten sie sich zu Bett, aber am Morgen trieb er sie schon ganz früh heraus, weil sie das Haus besorgen sollte. Ein paar Tage lebten sie auf diese Art schlecht und recht und zehrten ihren Vorrat auf. Da sprach der Mann: „Frau, so gehts nicht länger, dass wir hier zehren und nichts verdienen. Du sollst Körbe flechten.“ Er ging aus, schnitt Weiden und brachte sie heim, da fing sie an zu flechten, aber die harten Weiden stachen ihr die zarten Hände wund. „Ich sehe, das geht nicht“, sprach der Mann, „spinn lieber, vielleicht kannst du das besser.“ Sie setzte sich hin und versuchte zu spinnen, aber der harte Faden schnitt ihr bald in die weichen Finger, dass das Blut daran herunterlief. „Siehst du“, sprach der Mann, „du taugst zu keiner Arbeit, mit dir bin ich schlimm angekommen. Nun will ich’s versuchen und einen Handel mit Töpfen und irdenem Geschirr anfangen, du sollst dich auf den Markt setzen und die Ware feil halten.“ „Ach“, dachte sie, „wenn auf den Markt Leute aus meines Vaters Reich kommen und sehen mich da sitzen und feil halten, wie werden sie mich verspotten!“ Aber es half nichts, sie musste sich fügen, wenn sie nicht Hungers sterben wollten. Das erste Mal gings gut, denn die Leute kauften der Frau, weil sie schön war, gern ihre Ware ab und bezahlten, was sie forderte, ja, viele gaben ihr das Geld und ließen ihr die Töpfe noch dazu. Nun lebten sie von dem Erworbenen, solange es dauerte. Da handelte der Mann wieder eine Menge neues Geschirr ein. Sie setzte sich damit an eine Ecke des Marktes und stellte es um sich her und hielt feil. Da kam plötzlich ein trunkener Husar dahergejagt und ritt geradezu in die Töpfe hinein, dass alles in tausend Scherben zersprang. Sie fing an zu weinen und wusste vor Angst nicht, was sie anfangen sollte. „Ach, wie wird mir's ergehen!", rief sie, „was wird mein Mann dazu sagen!" Sie lief heim und erzählte ihm das Unglück. „Wer setzt sich auch an die Ecke des Marktes mit irdenem Geschirr!", sprach der Mann, „lass nur das Weinen, ich sehe wohl, du bist zu keiner ordentlichen Arbeit zu gebrauchen. Da bin ich in unseres Königs Schloss gewesen und habe gefragt, ob sie nicht eine Küchenmagd brauchen könnten, und sie haben mir versprochen, sie wollten dich dazunehmen; dafür bekommst du freies Essen."

Nun ward die Königstochter eine Küchenmagd, musste dem Koch zur Hand gehen und die sauerste Arbeit tun. Sie machte sich in beiden Taschen ein Töpfchen fest, darin brachte sie nach Haus, was ihr von dem Übriggebliebenen zuteil ward, und davon nährten sie sich. Es trug sich zu, dass die Hochzeit des ältesten Königssohnes sollte gefeiert werden, da ging die arme Frau hinauf, stellte sich vor die Saaltüre und wollte zusehen. Als nun die Lichter angezündet waren und immer einer schöner als der andere hereintrat und alles voll Pracht und Herrlichkeit war, da dachte sie mit betrübtem Herzen an ihr Schicksal und verwünschte ihren Stolz und Übermut, der sie erniedrigt und in so große Armut gestürzt hatte. Von den köstlichen Speisen, die da ein und aus getragen wurden und von welchen der Geruch zu ihr aufstieg, warfen ihr Diener manchmal ein paar Brocken zu, die tat sie in ihr Töpfchen und wollte es heimtragen. Auf einmal trat der Königssohn herein, war in Samt und Seide gekleidet und hatte goldene Ketten um den Hals. Und als er die schöne Frau in der Türe stehen sah, ergriff er sie bei der Hand und wollte mit ihr tanzen, aber sie weigerte sich und erschrak, denn sie sah, dass es der König Drosselbart war, der um sie gefreit und den sie mit Spott abgewiesen hatte. Ihr Sträuben half nichts, er zog sie in den Saal. Da zerriss das Band, an welchem die Taschen hingen, und die Töpfe fielen heraus, dass die Suppe floss und die

Brocken umhersprangen. Und wie das die Leute sahen, entstand ein allgemeines Gelächter und Spotten und sie war so beschämt, dass sie sich lieber tausend Klafter unter die Erde gewünscht hätte. Sie sprang zur Türe hinaus und wollte entfliehen, aber auf der Treppe holte sie ein Mann ein und brachte sie zurück, und wie sie ihn ansah, war es wieder der König Drosselbart. Er sprach ihr freundlich zu: „Fürchte dich nicht, ich und der Spielmann, der mit dir in dem elenden Häuschen gewohnt hat, sind eins. Dir zuliebe habe ich mich so verstellt, und der Husar, der dir die Töpfe entzweigeritten hat, bin ich auch gewesen. Das alles ist geschehen, um deinen stolzen Sinn zu beugen und dich für deinen Hochmut zu strafen, womit du mich verspottet hast." Da weinte sie bitterlich und sagte: „Ich habe großes Unrecht gehabt und bin nicht wert, deine Frau zu sein." Er aber sprach: „Tröste dich, die bösen Tage sind vorüber, jetzt wollen wir unsere Hochzeit feiern." Da kamen die Kammerfrauen und taten ihr die prächtigsten Kleider an, und ihr Vater kam und der ganze Hof und wünschten ihr Glück zu ihrer Vermählung mit dem König Drosselbart, und die rechte Freude fing jetzt erst an. Ich wollte, du und ich, wir wären auch dabei gewesen.

SCHNEEWITTCHEN

Es war einmal mitten im Winder und die Schneeflocken fielen wie Federn vom Himmel herab, da saß eine Königin an einem Fenster, das einen Rahmen von schwarzem Ebenholz hatte, und nähte. Und wie sie so nähte und nach dem Schnee aufblickte, stach sie sich mit der Nadel in den Finger, und es fielen drei Tropfen Blut in den Schnee. Und weil das Rote im weißen Schnee so schön aussah, dachte sie bei sich: ‚Hätt ich ein Kind so weiß wie Schnee, so rot wie Blut und so schwarz wie das Holz an dem Rahmen.' Bald darauf bekam sie ein Töchterlein, das war so weiß wie Schnee, so rot wie Blut und so schwarzhaarig wie Ebenholz, und ward darum Schneewittchen genannt. Und wie das Kind geboren war, starb die Königin.

Über ein Jahr nahm sich der König eine andere Gemahlin. Es war eine schöne Frau, aber sie war stolz und übermütig und konnte nicht leiden, dass sie an Schönheit von jemand sollte übertroffen werden. Sie hatte einen wunderbaren Spiegel, wenn sie vor den trat und sich darin beschaute, sprach sie:

„Spieglein, Spieglein an der Wand,
wer ist die Schönste im ganzen Land?",

so antwortete der Spiegel:

„Frau Königin, Ihr seid die Schönste im Land."

Da war sie zufrieden, denn sie wusste, dass der Spiegel die Wahrheit sagte.

Schneewittchen aber wuchs heran und wurde immer schöner, und als es sieben Jahre alt war, war es so schön wie der klare Tag und schöner als die Königin selbst. Als diese einmal ihren Spiegel fragte:

„Spieglein, Spieglein an der Wand,
wer ist die Schönste im ganzen Land?",

so antwortete er:

„Frau Königin, Ihr seid die Schönste hier,
aber Schneewittchen ist tausendmal schöner als Ihr.“

Da erschrak die Königin und ward gelb und grün vor Neid. Von Stund an, wenn sie Schneewittchen erblickte, kehrte sich ihr das Herz im Leibe herum, so hasste sie das Mädchen. Und der Neid und Hochmut wuchsen wie ein Unkraut in ihrem Herzen immer höher, dass sie Tag und Nacht keine Ruhe mehr hatte. Da rief sie einen Jäger und sprach: „Bring das Kind hinaus in den Wald, ich wills nicht mehr vor meinen Augen sehen. Du sollst es töten und mir Lunge und Leber zum Wahrzeichen mitbringen.“ Der Jäger gehorchte und führte es hinaus, und als er den Hirschfänger gezogen hatte und Schneewittchens unschuldiges Herz durchbohren wollte, fing es an zu weinen und sprach: „Ach, lieber Jäger, lass mir mein Leben; ich will in den wilden Wald laufen und nimmermehr wieder heimkommen.“ Und weil es so schön war, hatte der Jäger Mitleid und sprach: „So lauf hin, du armes Kind.“ ‚Die wilden Tiere werden dich bald gefressen haben‘, dachte er, und doch wars ihm, als wär ein Stein von seinem Herzen gewälzt, weil er es nicht zu töten brauchte. Und als gerade ein junger Frischling dahergesprungen kam, stach er ihn ab, nahm Lunge und Leber heraus und brachte sie als Wahrzeichen der Königin mit. Der Koch musste sie in Salz kochen und das boshafte Weib aß sie auf und meinte, sie hätte Schneewittchens Lunge und Leber gegessen.

Nun war das arme Kind in dem großen Wald mutterseelenallein und ward ihm so angst, dass es alle Blätter an den Bäumen ansah und nicht wusste, wie es sich helfen sollte. Da fing es an zu laufen und lief über die spitzen Steine und durch die Dornen und die wilden Tiere sprangen an ihm vorbei, aber sie taten ihm nichts. Es lief, solange nur die Füße noch fortkonnten, bis es bald Abend werden wollte, da sah es ein kleines Häuschen und ging hinein, sich zu ruhen. In dem Häuschen war alles klein, aber so zierlich und reinlich, dass es nicht zu sagen ist. Da stand ein weiß gedecktes Tischlein mit sieben kleinen Tellern, jedes Tellerchen mit seinem Löffelchen, ferner sieben Messerchen und Gäbelchen, und sieben Becherchen. An der Wand waren sieben Bettchen nebeneinander aufgestellt und schneeweiße Laken darübergedeckt. Schneewittchen, weil es so hungrig und durstig war, aß von jedem Tellerchen ein wenig Gemüs und Brot und trank aus jedem Becherchen einen Tropfen Wein; denn es wollte nicht einem allein alles wegnehmen. Hernach, weil es so müde war, legte es sich in ein Bettchen, aber keins passte; das eine war zu lang, das andere zu kurz, bis endlich das siebente recht war, und darin blieb es liegen, befahl sich Gott und schlief ein.

Als es ganz dunkel geworden war, kamen die Herren von dem Häuschen, das waren die sieben Zwerge, die in den Bergen nach Erz hackten und gruben. Sie zündeten ihre sieben Lichtlein an, und wie es nun hell im Häuschen ward, sahen sie, dass jemand darin gewesen war, denn es stand nicht alles so in der Ordnung, wie sie es verlassen hatten. Der erste sprach: „Wer hat auf meinem Stühlchen gesessen?“ Der zweite: „Wer hat von meinem Tellerchen gegessen?“ Der dritte: „Wer hat von meinem Brötchen genommen?“ Der vierte: „Wer hat von meinem Gemüschen gegessen?“ Der fünfte: „Wer hat mit meinem Gäbelchen gestochen?“ Der sechste: „Wer hat mit meinem Messerchen geschnitten?“ Der siebente: „Wer hat aus meinem Becherchen getrunken?“ Dann sah sich der erste um und sah, dass auf seinem Bett eine kleine Delle war, da sprach er: „Wer hat in mein Bettchen getreten?“ Die andern kamen gelaufen und riefen: „In meinem hat auch jemand gelegen.“ Der siebente aber, als er in sein Bett sah, erblickte Schneewittchen, das lag darin und schlief. Nun rief er die andern, die kamen herbeigelaufen und schrien vor Verwunderung, holten ihre sieben Lichtlein und beleuchteten Schneewittchen. „Ei, du mein Gott! Ei, du mein Gott!“, riefen sie, „was ist das Kind so schön!“, und hatten so große Freude, dass sie es nicht aufweckten, sondern im Bettchen fortschlafen ließen. Der siebente Zwerg aber schlief bei seinen Gesellen, bei jedem eine Stunde, da war die Nacht herum.

Als es Morgen war, erwachte Schneewittchen, und wie es die sieben Zwerge sah, erschrak es. Sie waren aber freundlich und fragten: „Wie heißt du?“ „Ich heiße Schneewittchen“, antwortete es. „Wie bist du in unser Haus gekommen?“, sprachen weiter die Zwerge. Da erzählte es ihnen, dass seine Stiefmutter es hätte wollen umbringen lassen, der Jäger hätte ihm aber das Leben geschenkt, und da wär es gelaufen den ganzen Tag, bis es endlich ihr Häuschen gefunden hätte. Die Zwerge sprachen: „Willst du unsern Haushalt versehen, kochen, betten, waschen, nähen und stricken, und willst du alles ordentlich und reinlich halten, so kannst du bei uns bleiben und es soll dir an nichts fehlen.“ „Ja“, sagte Schneewittchen, „von Herzen gern“, und blieb bei ihnen. Es hielt ihnen das Haus in Ordnung. Morgens gingen sie in die Berge und suchten Erz und Gold, abends kamen sie wieder, und da musste ihr Essen bereit sein. Den Tag über war das Mädchen allein, da warnten es die guten Zwerglein und sprachen: „Hüte dich vor deiner Stiefmutter, die wird bald wissen, dass du hier bist; lass ja niemand herein.“

Die Königin aber, nachdem sie Schneewittchens Lunge und Leber glaubte gegessen zu haben, dachte nicht anders, als sie wäre wieder die Erste und Allerschönste, trat vor ihren Spiegel und sprach:

„Spieglein, Spieglein an der Wand,
wer ist die Schönste im ganzen Land?“

Da antwortete der Spiegel:

„Frau Königin, Ihr seid die Schönste hier,
aber Schneewittchen über den Bergen
bei den sieben Zwergen
ist noch tausendmal schöner als Ihr.“

Da erschrak sie, denn sie wusste, dass der Spiegel keine Unwahrheit sprach, und merkte, dass der Jäger sie betrogen hatte und Schneewittchen noch am Leben war. Und da sann und sann sie aufs Neue, wie sie es umbringen wollte; denn solange sie nicht die Schönste war im ganzen Land, ließ ihr der Neid keine Ruhe. Und als sie sich endlich etwas ausgedacht hatte, färbte sie sich das Gesicht und kleidete sich wie eine alte Krämerin und war ganz unkenntlich. In dieser Gestalt ging sie über die sieben Berge zu den sieben Zwergen, klopfte an die Türe und rief: „Schöne Ware feil! feil!" Schneewittchen guckte zum Fenster heraus und rief „Guten Tag, liebe Frau, was habt Ihr zu verkaufen?" „Gute Ware, schöne Ware", antwortete sie, „Schnürriemen von allen Farben", und holte einen hervor, der aus bunter Seide geflochten war. ‚Die ehrliche Frau kann ich hereinlassen', dachte Schneewittchen, riegelte die Türe auf und kaufte sich den hübschen Schnürriemen. „Kind", sprach die Alte, „wie du aussiehst! Komm, ich will dich einmal ordentlich schnüren." Schneewittchen hatte kein Arg, stellte sich vor sie, und ließ sich mit dem neuen Schnürriemen schnüren. Aber die Alte schnürte geschwind und schnürte so fest, dass dem Schneewittchen der Atem verging und es für tot hinfiel. „Nun bist du die Schönste gewesen", sprach sie und eilte hinaus.

Nicht lange darauf, zur Abendzeit, kamen die sieben Zwerge nach Haus, aber wie erschraken sie, als sie ihr liebes Schneewittchen auf der Erde liegen sahen; und es regte und bewegte sich nicht, als wäre es tot. Sie hoben es in die Höhe, und weil sie sahen, dass es zu fest geschnürt war, schnitten sie den Schnürriemen entzwei. Da fing es an ein wenig zu atmen und ward nach und nach wieder lebendig. Als die Zwerge hörten, was geschehen war, sprachen sie: „Die alte Krämerfrau war niemand als die gottlose Königin. Hüte dich und lass keinen Menschen herein, wenn wir nicht bei dir sind."

Das böse Weib aber, als es nach Haus gekommen war, ging vor den Spiegel und fragte:

„Spieglein, Spieglein an der Wand,
wer ist die Schönste im ganzen Land?"

Da antwortete er wie sonst:

„Frau Königin, Ihr seid die Schönste hier,
aber Schneewittchen über den Bergen

bei den sieben Zwergen
ist noch tausendmal schöner als Ihr."

Als sie das hörte, lief ihr alles Blut zum Herzen, so erschrak sie, denn sie sah wohl, dass Schneewittchen wieder lebendig geworden war. „Nun aber", sprach sie, „will ich etwas aussinnen, das dich zugrunde richten soll", und mit Hexenkünsten, die sie verstand, machte sie einen giftigen Kamm. Dann verkleidete sie sich und nahm die Gestalt eines andern alten Weibes an. So ging sie hin über die sieben Berge zu den sieben Zwergen, klopfte an die Türe und rief: „Gute Ware feil! feil!" Schneewittchen schaute heraus und sprach: „Geht nur weiter, ich darf niemand hereinlassen." „Das Ansehen wird dir doch erlaubt sein", sprach die Alte, zog den giftigen Kamm heraus und hielt ihn in die Höhe. Da gefiel er dem Kinde so gut, dass es sich betören ließ und die Türe öffnete. Als sie des Kaufs einig waren, sprach die Alte: „Nun will ich dich einmal ordentlich kämmen." Das arme Schneewittchen dachte an nichts und ließ die Alte gewähren, aber kaum hatte sie den Kamm in die Haare gesteckt, als das Gift darin wirkte und das Mädchen ohne Besinnung niederfiel. „Du Ausbund von Schönheit", sprach das boshafte Weib, „jetzt ists um dich geschehen", und ging fort. Zum Glück aber war es bald Abend, wo die sieben Zwerge nach Haus kamen. Als sie Schneewittchen wie tot auf der Erde liegen sahen, hatten sie gleich die Stiefmutter in Verdacht, suchten nach und fanden den giftigen Kamm, und kaum hatten sie ihn herausgezogen, so kam Schneewittchen wieder zu sich und erzählte, was vorgegangen war. Da warnten sie es noch einmal, auf seiner Hut zu sein und niemandem die Türe zu öffnen.

Die Königin stellte sich daheim vor den Spiegel und sprach:

„Spieglein, Spieglein an der Wand,
wer ist die Schönste im ganzen Land?"

Da antwortete er wie vorher:

„Frau Königin, Ihr seid die Schönste hier,
aber Schneewittchen über den Bergen
bei den sieben Zwergen
ist noch tausendmal schöner als Ihr.“

Als sie den Spiegel so reden hörte, zitterte und bebte sie vor Zorn. „Schneewittchen soll sterben“, rief sie, „und wenn es mein eignes Leben kostet.“ Darauf ging sie in eine ganz verborgene einsame Kammer, wo niemand hinkam, und machte da einen giftigen giftigen Apfel. Äußerlich sah er schön aus, weiß mit roten Backen, dass jeder, der ihn erblickte, Lust danach bekam, aber wer ein Stückchen davon aß, der musste sterben. Als der Apfel fertig war, färbte sie sich das Gesicht und verkleidete sich in eine Bauersfrau, und so ging sie über die sieben Berge zu den sieben Zwergen. Sie klopfte an, Schneewittchen streckte den Kopf zum Fenster heraus und sprach: „Ich darf keinen Menschen einlassen, die sieben Zwerge haben mir's verboten.“ „Mir auch recht“, antwortete die Bäuerin, „meine Äpfel will ich schon loswerden. Da, einen will ich dir schenken.“ „Nein“, sprach Schneewittchen, „ich darf nichts annehmen.“ „Fürchtest du dich vor Gift?“, sprach die Alte, „siehst du, da schneide ich den Apfel in zwei Teile; den roten Backen iss du, den weißen will ich essen.“ Der Apfel war aber so künstlich gemacht, dass der rote Backen allein vergiftet war. Schneewittchen lusterte den schönen Apfel an, und als es sah, dass die Bäuerin davon aß, so konnte es nicht länger widerstehen, streckte die Hand hinaus und nahm die giftige Hälfte. Kaum aber hatte es einen Bissen davon im Mund, so fiel es tot zur Erde nieder. Da betrachtete es die Königin mit grausigen Blicken und lachte überlaut und sprach: „Weiß wie Schnee, rot wie Blut, schwarz wie Ebenholz! Diesmal können dich die Zwerge nicht wieder erwecken.“ Und als sie daheim den Spiegel befragte:

„Spieglein, Spieglein an der Wand,
wer ist die Schönste im ganzen Land?“,

so antwortete er endlich:

„Frau Königin, Ihr seid die Schönste im Land.“

Da hatte ihr neidisches Herz Ruhe, so gut ein neidisches Herz Ruhe haben kann.

Die Zwerge, wie sie abends nach Haus kamen, fanden Schneewittchen auf der Erde liegen, und es ging kein Atem mehr aus seinem Mund, und es war tot. Sie hoben es auf, suchten, ob sie was Giftiges fänden, schnürten es auf, kämmten ihm die Haare, wuschen es mit Wasser und Wein, aber es half alles nichts; das liebe Kind war tot und blieb tot. Sie legten es auf eine Bahre und setzten sich alle siebene daran und beweinten es, und weinten drei Tage lang. Da wollten sie es begraben, aber es sah noch so frisch aus wie ein lebender Mensch und hatte noch seine schönen roten Backen. Sie sprachen: „Das können wir nicht in die schwarze Erde versenken“, und ließen einen durchsichtigen Sarg von Glas machen, dass man es von allen Seiten sehen konnte, legten es hinein und schrieben mit goldenen Buchstaben seinen Namen darauf und dass es eine Königstochter wäre. Dann setzten sie den Sarg hinaus auf den Berg, und einer von ihnen blieb immer dabei und bewachte ihn. Und die Tiere kamen auch und beweinten Schneewittchen, erst eine Eule, dann ein Rabe, zuletzt ein Täubchen.

Nun lag Schneewittchen lange lange Zeit in dem Sarg und verweste nicht, sondern sah aus, als wenn es schliefe, denn es war noch so weiß als Schnee, so rot als Blut und so schwarzhaarig wie Ebenholz. Es geschah aber, dass ein Königssohn in den Wald geriet und zu dem Zwergenhaus kam, da zu übernachten. Er sah auf dem Berg den Sarg und das schöne Schneewittchen darin, und las, was mit goldenen Buchstaben darauf geschrieben war. Da sprach er zu den Zwergen: „Lasst mir den Sarg, ich will euch geben, was ihr dafür haben wollt.“ Aber die Zwerge antworteten: „Wir geben ihn nicht um alles Gold in der Welt.“ Da sprach er: „So schenkt mir ihn, denn ich kann nicht leben, ohne Schneewittchen zu sehen, ich will es ehren und hoch achten wie mein Liebstes.“ Wie er so sprach, empfanden die guten Zwerglein Mitleiden mit ihm und gaben ihm den Sarg. Der Königssohn ließ ihn nun von seinen Dienern auf den Schultern forttragen. Da geschah es, dass sie über einen Strauch stolperten, und von dem Schüttern fuhr der giftige Apfelgrütz, den Schneewittchen abgebissen hatte, aus dem Hals. Und nicht lange, so öffnete es die Augen, hob den Deckel vom Sarg in die Höhe und richtete sich auf und war wieder lebendig. „Ach Gott, wo bin ich?", rief es. Der Königssohn sagte voll Freude: „Du bist bei mir", und erzählte, was sich zugetragen hatte, und sprach: „Ich habe dich lieber als alles auf der Welt; komm mit mir in meines Vaters Schloss, du sollst meine Gemahlin werden." Da war ihm Schneewittchen gut und ging mit ihm und ihre Hochzeit ward mit großer Pracht und Herrlichkeit angeordnet.

Zu dem Fest wurde aber auch Schneewittchens gottlose Stiefmutter eingeladen. Wie sie sich nun mit schönen Kleidern angetan hatte, trat sie vor den Spiegel und sprach:

„Spieglein, Spieglein an der Wand,
wer ist die Schönste im ganzen Land?"

Der Spiegel antwortete:

„Frau Königin, Ihr seid die Schönste hier,
aber die junge Königin ist tausendmal schöner als Ihr."

Da stieß das böse Weib einen Fluch aus, und ward ihr so angst, so angst, dass sie sich nicht zu lassen wusste. Sie wollte zuerst gar nicht auf die Hochzeit kommen, doch ließ es ihr keine Ruhe, sie musste fort und die junge Königin sehen. Und wie sie hineintrat, erkannte sie Schneewittchen, und vor Angst und Schrecken stand sie da und konnte sich nicht regen. Aber es waren schon eiserne Pantoffeln über Kohlenfeuer gestellt und wurden mit Zangen hereingetragen und vor sie hingestellt. Da musste sie in die rot glühenden Schuhe treten und so lange tanzen, bis sie tot zur Erde fiel.

HANS IM GLÜCK

Hans hatte sieben Jahre bei seinem Herrn gedient, da sprach er zu ihm: „Herr, meine Zeit ist herum, nun wollte ich gerne wieder heim zu meiner Mutter, gebt mir meinen Lohn.“ Der Herr antwortete: „Du hast mir treu und ehrlich gedient, wie der Dienst war, so soll der Lohn sein“, und gab ihm ein Stück Gold, das so groß als Hansens Kopf war. Hans zog ein Tüchlein aus der Tasche, wickelte den Klumpen hinein, setzte ihn auf die Schulter und machte sich auf den Weg nach Haus. Wie er so dahinging und immer ein Bein vor das andere setzte, kam ihm ein Reiter in die Augen, der frisch und fröhlich auf einem muntern Pferd vorbeitrabte. „Ach“, sprach Hans ganz laut, „was ist das Reiten ein schönes Ding! Da sitzt einer wie auf einem Stuhl, stößt sich an keinen Stein, spart die Schuh’ und kommt fort, er weiß nicht wie.“ Der Reiter, der das gehört hatte, hielt an und rief: „Ei, Hans, warum läufst du auch zu Fuß?“ „Ich muss ja wohl“, antwortete er, „da habe ich einen Klumpen heimzutragen, es ist zwar Gold, aber ich kann den Kopf dabei nicht gerad halten, auch drückt mir’s auf die Schulter.“ „Weißt du was“, sagte der Reiter, „wir wollen tauschen: Ich gebe dir mein Pferd und du gibst mir deinen Klumpen.“ „Von Herzen gern“, sprach Hans, „aber ich sage Euch, Ihr müsst Euch damit schleppen.“ Der Reiter stieg ab, nahm das Gold und half dem Hans hinauf, gab ihm die Zügel fest in die Hände und sprach: „Wenns nun recht geschwind soll gehen, so musst du mit der Zunge schnalzen und ‚hopp hopp‘ rufen.“

Hans war seelenfroh, als er auf dem Pferde saß und so frank und frei dahinritt. Über ein Weilchen fiels ihm ein, es sollte noch schneller gehen, und fing an mit der Zunge zu schnalzen und „hopp hopp“ zu rufen. Das Pferd setzte sich in starken Trab, und ehe sich’s Hans versah, war er abgeworfen und lag in einem Graben, der die Äcker von der Landstraße trennte. Das Pferd wäre auch durchgegangen, wenn es nicht ein Bauer aufgehalten hätte, der des Weges kam und eine Kuh vor sich hertrieb. Hans suchte seine

Glieder zusammen und machte sich wieder auf die Beine. Er war aber verdrießlich und sprach zu dem Bauer: „Es ist ein schlechter Spaß, das Reiten, zumal, wenn man auf so eine Mähre gerät wie diese, die stößt und einen herabwirft, dass man den Hals brechen kann; ich setze mich nun und nimmermehr wieder auf. Da lob ich mir Eure Kuh, da kann einer mit Gemächlichkeit hinterhergehen und hat obendrein seine Milch, Butter und Käse jeden Tag gewiss. Was gäb ich darum, wenn ich so eine Kuh hätte!“ „Nun“, sprach der Bauer, „geschieht Euch so ein großer Gefallen, so will ich Euch wohl die Kuh für das Pferd vertauschen.“ Hans willigte mit tausend Freuden ein, der Bauer schwang sich aufs Pferd und ritt eilig davon.

Hans trieb seine Kuh ruhig vor sich her und bedachte den glücklichen Handel. „Hab ich nur ein Stück Brot, und daran wird mir's noch nicht fehlen, so kann ich, sooft mir's beliebt, Butter und Käse dazu essen; hab ich Durst, so melk ich meine Kuh und trinke Milch. Herz, was verlangst du mehr?“ Als er zu einem Wirtshaus kam, machte er Halt, aß in der großen Freude alles, was er bei sich hatte, sein Mittag- und Abendbrot, rein auf, und ließ sich für seine letzten paar Heller ein halbes Glas Bier einschenken. Dann trieb er seine Kuh weiter, immer nach dem Dorfe seiner Mutter zu. Die Hitze ward drückender, je näher der Mittag kam, und Hans befand sich in einer Heide, die wohl noch eine Stunde dauerte. Da ward es ihm ganz heiß, sodass ihm vor Durst die Zunge am Gaumen klebte. ‚Dem Ding ist zu helfen‘, dachte Hans, ‚jetzt will ich meine Kuh melken und mich an der Milch laben.‘ Er band sie an einen dürren Baum, und da er keinen Eimer hatte, so stellte er seine Ledermütze unter, aber wie er sich auch bemühte, es kam kein Tropfen Milch zum Vorschein. Und weil er sich ungeschickt dabei anstellte, so gab ihm das ungeduldige Tier endlich mit einem der Hinterfüße einen solchen Schlag vor den Kopf, dass er zu Boden taumelte und eine Zeit lang sich gar nicht besinnen konnte, wo er war. Glücklicherweise kam gerade ein Metzger des Weges, der auf einem Schubkarren ein junges Schwein liegen hatte. „Was sind das für Streiche!", rief er und half dem guten Hans auf. Hans erzählte, was vorgefallen war. Der Metzger reichte ihm seine Flasche und sprach: „Da trinkt einmal und erholt Euch. Die Kuh will wohl keine Milch geben, das ist ein altes Tier, das höchstens noch zum Ziehen taugt oder zum Schlachten." „Ei, ei", sprach Hans und strich sich die Haare über den Kopf, „wer hätte das gedacht! Es ist freilich gut, wenn man so ein Tier im Haus abschlachten kann, was gibts für Fleisch! Aber ich mache mir aus dem Kuhfleisch nicht viel, es ist mir nicht saftig genug. Ja, wer so ein junges Schwein hätte! Das schmeckt anders, dabei noch die Würste." „Hört, Hans", sprach da der Metzger, „Euch zuliebe will ich tauschen und will Euch das Schwein für die Kuh lassen." „Gott lohn Euch Eure Freundschaft", sprach Hans, übergab ihm die Kuh, ließ sich das Schweinchen vom Karren losmachen und den Strick, woran es gebunden war, in die Hand geben.

Hans zog weiter und überdachte, wie ihm doch alles nach Wunsch ginge, begegnete ihm eine Verdrießlichkeit, so würde sie doch gleich wieder gutgemacht. Es gesellte sich danach ein Bursch zu ihm, der trug eine schöne weiße Gans unter dem Arm. Sie boten einander die Zeit, und Hans fing an, von seinem Glück zu erzählen und wie er immer so vorteilhaft getauscht hätte. Der Bursch erzählte ihm, dass er die Gans zu einem Kindtaufschmaus brächte. „Hebt einmal", fuhr er fort und packte sie bei den Flügeln, „wie schwer sie ist, die ist aber auch acht Wochen lang genudelt worden. Wer in den Braten beißt, muss sich das Fett von beiden Seiten abwischen." „Ja", sprach Hans und wog sie mit der einen Hand, „die hat ihr Gewicht, aber mein Schwein ist auch keine Sau." Indessen sah sich der Bursch nach allen Seiten ganz bedenklich um, schüttelte auch wohl mit dem Kopf. „Hört", fing er darauf an, „mit Eurem Schwein mags nicht ganz richtig sein. In dem Dorfe, durch das ich gekommen bin, ist eben dem Schulzen eins aus dem Stall gestohlen worden. Ich fürchte, ich fürchte, Ihr habts da in der Hand. Sie haben Leute ausgeschickt, und es wäre ein schlimmer Handel, wenn sie Euch mit dem

Schwein erwischten: Das Geringste ist, dass Ihr ins finstere Loch gesteckt werdet.“ Dem guten Hans ward bang: „Ach Gott“, sprach er, „helft mir aus der Not, Ihr wisst hierherum bessern Bescheid, nehmt mein Schwein da und lasst mir Eure Gans.“ „Ich muss schon etwas aufs Spiel setzen“, antwortete der Bursche, „aber ich will doch nicht schuld sein, dass Ihr ins Unglück geratet.“ Er nahm also das Seil in die Hand und trieb das Schwein schnell auf einen Seitenweg fort, der gute Hans aber ging, seiner Sorgen entledigt, mit der Gans unter dem Arme der Heimat zu. „Wenn ich's recht überlege“, sprach er mit sich selbst, „habe ich noch Vorteil bei dem Tausch: erstlich den guten Braten, hernach die Menge von Fett, die heraustr äufeln wird, das gibt Gänsefettbrot auf ein Vierteljahr, und endlich die schönen weißen Federn, die lass ich mir in mein Kopfkissen stopfen, und darauf will ich wohl ungewiegt einschlafen. Was wird meine Mutter eine Freude haben!“

Als er durch das letzte Dorf gekommen war, stand da ein Scherenschleifer mit seinem Karren, sein Rad schnurrte, und er sang dazu:

„Ich schleife die Schere und drehe geschwind,
und hänge mein Mäntelchen nach dem Wind.“

Hans blieb stehen und sah ihm zu; endlich redete er ihn an und sprach: „Euch gehts wohl, weil Ihr so lustig bei Eurem Schleifen seid.“ „Ja“, antwortete der Scherenschleifer, „das Handwerk hat einen güldenen Boden. Ein rechter Schleifer ist ein Mann, der, sooft er in die Tasche greift, auch Geld darin findet. Aber wo habt Ihr die schöne Gans gekauft?“ „Die hab ich nicht gekauft, sondern für mein Schwein eingetauscht.“ „Und das Schwein?“ „Das hab ich für eine Kuh gekriegt.“ „Und die Kuh?“ „Die hab ich für ein Pferd bekommen.“ „Und das Pferd?“ „Dafür hab ich einen Klumpen Gold, so groß als mein Kopf, gegeben.“ „Und das Gold?“ „Ei, das war mein Lohn für sieben Jahre Dienst.“ „Ihr habt Euch jederzeit zu helfen gewusst“, sprach der Schleifer, „könnt Ihr's nun dahin bringen, dass Ihr das Geld in der Tasche springen hört, wenn Ihr aufsteht, so habt Ihr Euer Glück gemacht." „Wie soll ich das anfangen?", sprach Hans. „Ihr müsst ein Schleifer werden wie ich; dazu gehört eigentlich nichts als ein Wetzstein, das andere findet sich schon von selbst. Da hab ich einen, der ist zwar ein wenig schadhaft, dafür sollt Ihr mir aber auch weiter nichts als Eure Gans geben; wollt Ihr das?" „Wie könnt Ihr noch fragen", antwortete Hans, „ich werde ja zum glücklichsten Menschen auf Erden; habe ich Geld, sooft ich in die Tasche greife, was brauche ich da länger zu sorgen?", reichte ihm die Gans hin und nahm den Wetzstein in Empfang. „Nun", sprach der Schleifer und hob einen gewöhnlichen schweren Feldstein, der neben ihm lag, auf, „da habt Ihr noch einen tüchtigen Stein dazu, auf dem sich's gut schlagen lässt und Ihr Eure alten Nägel gerade klopfen könnt. Nehmt ihn und hebt ihn ordentlich auf."

Hans lud den Stein auf und ging mit vergnügtem Herzen weiter; seine Augen leuchteten vor Freude, „ich muss in einer Glückshaut geboren sein", rief er aus, „alles, was ich wünsche, trifft mir ein wie einem Sonntagskind." Indessen, weil er seit Tagesanbruch auf den Beinen gewesen war, begann er müde zu werden; auch plagte ihn der Hunger, da er allen Vorrat auf einmal in der Freude über die erhandelte Kuh aufgezehrt hatte. Er konnte endlich nur mit Mühe weitergehen und musste jeden Augenblick Halt machen; dabei drückten ihn die Steine ganz erbärmlich. Da konnte er sich des Gedankens nicht erwehren, wie gut es wäre, wenn er sie gerade jetzt nicht zu tragen brauchte. Wie eine Schnecke kam er zu einem Feldbrunnen geschlichen, wollte da ruhen und sich mit einem frischen Trunk laben. Damit er aber die Steine im Niedersitzen nicht beschädigte, legte er sie bedächtig neben sich auf den Rand des Brunnens. Darauf setzte er sich nieder und wollte sich zum Trinken bücken, da versah er's, stieß ein klein wenig an, und beide Steine plumpsten hinab. Hans, als er sie mit seinen Augen in die Tiefe hatte versinken sehen, sprang vor Freuden auf, kniete dann nieder und dankte Gott mit Tränen in den Augen, dass er ihm auch diese Gnade noch erwiesen und ihn auf eine so gute Art und ohne dass er sich einen Vorwurf zu machen brauchte, von den schweren Steinen befreit hätte, die ihm allein noch hinderlich gewesen wären. „So glücklich wie ich", rief er aus, „gibt es keinen Menschen unter der Sonne." Mit leichtem Herzen und frei von aller Last sprang er nun fort, bis er daheim bei seiner Mutter war.

DIE STERNTALER

Es war einmal ein kleines Mädchen, dem war Vater und Mutter gestorben und es war so arm, dass es kein Kämmerchen mehr hatte, darin zu wohnen, und kein Bettchen mehr, darin zu schlafen, und endlich gar nichts mehr als die Kleider auf dem Leib und ein Stückchen Brot in der Hand, das ihm ein mitleidiges Herz geschenkt hatte. Es war aber gut und fromm. Und weil es so von aller Welt verlassen war, ging es im Vertrauen auf den lieben Gott hinaus ins Feld. Da begegnete ihm ein armer Mann, der sprach: „Ach, gib mir etwas zu essen, ich bin so hungrig." Es reichte ihm das ganze Stückchen Brot und sagte: „Gott segne dir's", und ging weiter. Da kam ein Kind, das jammerte und sprach: „Es friert mich so an meinem Kopfe, schenk mir etwas, womit ich ihn bedecken kann." Da tat es seine Mütze ab und gab sie ihm. Und als es noch eine Weile gegangen war, kam wieder ein Kind und hatte kein Leibchen und fror, da gab es ihm seins; und noch weiter, da bat eins um ein Röcklein, das gab es auch von sich hin. Endlich gelangte es in einen Wald, und es war schon dunkel geworden, da kam noch eins und bat um ein Hemdlein, und das fromme Mädchen dachte: ‚Es ist dunkle Nacht, da sieht dich niemand, du kannst wohl dein Hemd weggeben', und zog das Hemd ab und gab es auch noch hin. Und wie es so stand und gar nichts mehr hatte, fielen auf einmal die Sterne vom Himmel und waren lauter harte blanke Taler, und ob es gleich sein Hemdlein weggegeben, so hatte es ein neues an und das war vom allerfeinsten Linnen. Da sammelte es sich die Taler hinein und war reich für sein Lebtag.

NACHWORT

Es ist das Verdienst der Romantik, allen voran der Brüder Grimm, dass Herders Neubewertung der Volkskunst und die damit verbundene Anregung, ihre Dokumente zu sammeln, nicht nur auf Volkslieder („Stimmen der Völker in Liedern“) beschränkt blieb. Jacob und Wilhelm Grimm sammelten Sagen und Volksmärchen (Jacob Grimm verdanken wir darüber hinaus eine wichtige Sammlung deutscher Rechtsaltertümer), und der 1790 geborene Ludwig Emil Grimm hielt das in Zeichnungen fest. Während Romantiker wie Wilhelm Hauff Kunstmärchen schufen, also Dichtungen, deren Urheber nachweislich ein Einzelner ist, wandten sich die Grimms den Beispielen der mündlichen Überlieferung zu. Diese als Volksmärchen bezeichneten Dichtungen mögen sicher auch einmal einen (nicht mehr fassbaren) einzelnen Urheber gehabt haben, beim Weitererzählen mag es dann wiederholt Ausschmückungen gegeben haben.

Wichtig aber ist gerade dieses Weitererzählen, die mündliche Tradierung, wodurch sie Allgemeinbesitz wurden. Max Lüthi nennt das Volksmärchen ein „Glasperlenspiel vergangener Zeiten“, dessen schlichte Erzählweise und einfache Form nicht nur auf Kinder anziehend wirken. Die mündliche Tradierung aber (und dafür ist das Beharren der kindlichen Zuhörer auf dem Wortlaut, den sie zum ersten Mal wahrgenommen haben, ein beredtes Beispiel) bewahrte über Generationen hinweg jedes Wort, jede Wendung unverändert – eine Leistung des Gedächtnisses, die wir uns heute angesichts der vielfältigen Reize aus Umwelt und Medien nicht mehr vorstellen können. Immerhin gab es noch in der ersten Hälfte des 20. Jahrhunderts im Orient den Beruf des Märchenerzählers, und die einzelnen Erzähler mussten Gilden angehören, in die sie nur aufgenommen wurden, wenn sie nachwiesen, dass sie den gesamten – nur mündlich überlieferten – Märchenschatz der betreffenden Gilde wortgetreu wiedergeben konnten.

Jacob Grimm, 1785, und Wilhelm Grimm, 1786 in Hanau geboren, wurden durch Clemens Brentano und Achim von Arnims Liedersammlung „Des Knaben Wunderhorn“ zu ihren Sammlungen angeregt. 1812 bis 1815 erschienen die zwei Bände der „Kinder- und Hausmärchen“ und wurden schnell bei vielen beliebt, denn besonders Wilhelm Grimm gelang es, den naiven Märchenton mit seiner Mischung aus Erzählung, wörtlicher Rede und eingestreuten Versen in schlichter, volkstümlicher Fassung auch in der Niederschrift zu bewahren. Man muss ja bedenken, dass die

Brüder Grimm ihre Märchen nicht mit dem Tonband oder Kassettenrekorder sammeln konnten, sondern sich auf aufmerksames Zuhören beschränken mussten, um dann zu versuchen, das Gehörte so ursprungsnah wie möglich zu Papier zu bringen. „Kein Umstand ist hinzugedichtet oder verschönert und abgeändert worden", heißt es 1815 in der Vorrede, und kritisch ablehnend wird auf Tendenzen anderer Erzähler hingewiesen, „Manieren, welche die Zeitpoesie gab, hineinzumischen".

Gabriele Seitz weist in ihrer Darstellung „Die Brüder Grimm. Leben – Werk – Zeit", München 1984, darauf hin, dass die Brüder „in einer Zeit, in der Napoleon Europa beherrschte und ein deutscher Nationalstaat nicht existierte", ihre Sammlertätigkeit entfalteten, und folgert, dass sie „auch Ausdruck der romantischen Hinwendung zur Identität der Deutschen, ihrer Geschichte und Kultur war" (S. 57).

Die Brüder begannen mit dem Märchensammeln 1806 in Kassel. Die hessischen und westfälischen Erzählerinnen sind bekannt, vor allem Dorothea Viehmann aus Niederzwehren bei Kassel, von der es im Vorwort zur zweiten Ausgabe der Märchen, 1819, heißt: „Dabei erzählte sie bedächtig, sicher und ungemein lebendig ... erst ganz frei, dann, wenn man es wollte, noch einmal langsam, sodass man ihr mit einiger Übung nachschreiben konnte. Manches ist auf diese Weise wörtlich beibehalten und wird in seiner Wahrheit nicht zu verkennen sein. Wer an leichte Verfälschung der Überlieferung, Nachlässigkeit bei Aufbewahrung und daher an Unmöglichkeit langer Dauer als Regel glaubt, der hätte hören müssen, wie genau sie immer bei der Erzählung blieb und auf ihre Richtigkeit eifrig war; sie änderte niemals bei einer Wiederholung etwas in der Sache ab und besserte ein Versehen, sobald sie es bemerkte, mitten in der Rede gleich selber." Weitere Märchen kamen aus dem Münsterland, aus Mecklenburg und dem süddeutschen Sprachraum hinzu, sodass die 155 Märchen der Erstausgabe schließlich auf über 200 anwuchsen. Die bekanntesten und schönsten unter ihnen sind in diesem Heft versammelt und folgen teilweise dem Wortlaut der Urfassung.

WORTERKLÄRUNGEN

12 *Hifthorn.* Jagdhorn

14 *beileibe.* als Verbot: auf keinen Fall

19 *neu geschlagene Batzen.* frisch geprägte Geldstücke, ursprünglich aus Silber

21 *kneischen.* lautmalender Abschluss der Zeile, um den Reim mit „Häuschen" zu ermöglichen

22 *übernahm.* übermannte

25 *Lot.* alte Gewichtseinheit; je nach Geltungsgebiet 10 oder 16 Gramm

Wams. mundartlich für: Jacke

26 *will mich versuchen.* will mich erproben, mein Glück suchen

27 *zeitigsten.* die reifsten (von zeitig: früh)

29 *aufgesessen.* aufsässig, nicht gut zu sprechen

Ehesteuer. Mitgift

30 *flüchtig.* behände, flink

32 *der flüchtige Held.* der flinke Held

unbehilflich. heute: unbeholfen

Elle. Messstock

34 *hoffärtig.* dünkelhaft, hochmütig

45 *haußen.* mundartlich für: draußen

53 *Spinnen.* Schnurren

Reverenz. Ehrerbietung, Verbeugung

54 *lamentieren.* laut jammern, klagen

57 *unsere liebe Frau.* Maria, die Mutter Gottes

62 *es ist nötig.* ich muss mal

64 *Walkmühle.* Anlage, um mit Wasserkraft Textilien zu „walken", d. h. durch Stoßen und Pressen zu verdichten und zu verfilzen, z. B. Lodenstoff

67 *Spindel.* versetzt den Faden in Drehung, sodass er gesponnen werden kann

82 *lusterte.* mundartlich für: betrachtete ihn verlangend

84 *Apfelgrütz.* mundartlich für: Kerngehäuse des Apfels

86 *Heller.* nach der ersten Prägestätte, Schwäbisch-Hall, benannte Münze von geringem Wert

87 *sie boten einander die Zeit.* d. h. sie begrüßten sich

Schulze. veraltet für: Gemeindevorsteher

INHALT

Der Froschkönig oder der eiserne Heinrich 3
Der Wolf und die sieben jungen Geißlein 7
Brüderchen und Schwesterchen 10
Hänsel und Gretel 17
Das tapfere Schneiderlein 25
Aschenputtel 34
Frau Holle 40
Rotkäppchen 44
Das blaue Licht 47
Der gestiefelte Kater 52
Die Bremer Stadtmusikanten 57
Daumesdick 61
Dornröschen 67
König Drosselbart 71
Schneewittchen 76
Hans im Glück 85
Die Sterntaler 91

ZUR TEXTGESTALTUNG

Die vorliegende Auswahl von Märchen der Brüder Grimm basiert auf folgender Ausgabe: Kinder- und Hausmärchen. Gesammelt durch die Brüder Grimm. Vollständige Ausgabe. Düsseldorf/Zürich: Artemis & Winkler, 18. Auflage 1997 [1949]. Die Rechtschreibung wurde auf der Grundlage der neuen amtlichen Richtlinien behutsam modernisiert. Veraltete sprachliche Eigenheiten wurden beibehalten.